STS

U0073351

每天都會看見的

日語單字

MP3 inside

西村惠子 著

2,000

すべて使える単語辞典

★ 必學必會，單字、例句一次學會！
★ 活用詞變化形式，靈活表現在各種狀況，讓您即學即用！

word

山田社
Shan Tian She

前言

● 我是日語初學者，到底要從哪些單字開始記？

● 日語的動詞跟形容詞在句子中的變化規則，字典上查不到，怎麼辦？

● 我想學單字，也想學會話！還要實用又有趣，我才記得住！

● 字典都好重，沒辦法隨身帶，我要小而美的精緻日語辭典！

這是一本可以滿足您所有需求的超級划算書！
找到這本書就對啦！

　　《每天都會看見的日語單字2000》是專為初學者設計的辭典，本書依50音順，排列出日語最常用的生活2000單字，並一一指出令人苦惱的「動詞、形容詞、形容動詞」的三大活用形「ます・です形（表尊敬）、ない形、（表否定）、た形（表過去）」各個變化形式，您再也無須苦惱要怎麼變化才好！可說是具「辭典的『好查』＋隨即可變換的『好用』」的多功能辭典。

　　每個單字都有例句作為理解上的輔助，讓您看到單字在句子中的作用與變化，徹底認識每一個單字，打好2000日常單字的紮實基礎！

　　隨書附贈的朗讀CD，由日籍老師以正統東京腔錄製而成，配合書中單字一起學習，您不止「看到」單字也「聽到」單字，才能獲得真正全方位的單字活用實力！

這裡您將看到：

1. 各大辭典最愛用、最順手的50音排序。

2. 各大辭典所沒有的活用詞變化，一目了然。日語動詞、形容詞
   會有變化，是不是讓您傷透腦筋了？不用怕！這裡把它們的變
   化，一次秀給您看。

3. 吃喝玩樂、食衣住行、白天到晚上…生活最常用，非說不可的
   單字2000個。

4. 單字搭配的例句，生動又有趣，好像在看漫畫跟日劇，讓您單
   字、對話，一次賺到！

成就感UP、UP的使用方法：

1. 到超市買東西，看到日語單字，指著它大聲唸出來。

2. 和阿公阿婆聊天時，脫口秀出日語單字。哇！有學過就是不一
   樣！

3. 一個箭步上前跟日本人抬槓也不怕，哇！又交了日本朋友！

4. 夠紮實、夠實用、夠好查，您只要利用生活上瑣碎的時間，就
   能造就好日語！

5. 透過多看、多聽，自然無形中體會活用詞的變化，想應用單
   字，就是這麼簡單！

目録

日語中的動詞、形容詞（形容動詞），會因接續、時態的不同，而改變外形，因為有變化、很靈活，所以又稱活用詞。書中將介紹「丁寧形、ます形、ない形、た形」的變化形。

形容詞・形容動詞：

丁寧形 赤いです	ない形 赤くない	た形 赤かった

ない形表示「否定」。
相當於「不…」。

た形表示「過去式」。
相當於「…了」。

形容詞・形容動詞詞尾加上です，是肯定、禮貌的表現，相當於「是（很）…」。

動詞：

（常見的又分：自上一、自下一、他上一、他下一、
自サ、他サ、自五、他五…等類型。）

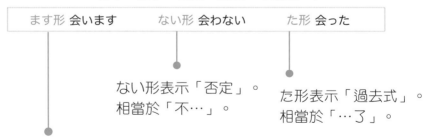

ます形 会います	ない形 会わない	た形 会った

ない形表示「否定」。
相當於「不…」。

た形表示「過去式」。
相當於「…了」。

動詞詞尾加上ます，是肯定、禮貌的表現，相當於「要（會）…」。

[あ ア]

※動詞「た形」變化跟「て形」一樣。如：買う→買った、買って

あ（感）（表示驚訝等）啊，唉呀：哦

✒ あ、あなたも学生ですか。

　啊！你也是學生嗎？

ああ（副）那樣，那麼

✒ 私があの時ああ言ったのは、よくなかったです。

　我當時那樣說並不恰當。

あい【愛】（名・漢造）愛，愛情：友情，恩情：愛好，熱愛：喜歡

✒ 愛を注ぐ。

　傾注愛情。

あいさつ【挨拶】（名・自サ）寒暄：致詞：拜訪

✒ アメリカでは、こう握手して挨拶します。

　在美國都像這樣握手寒暄。

| ます形 挨拶します | ない形 挨拶しない | た形 挨拶した |

あいず【合図】（名・自サ）信號，暗號

✒ あの煙は、仲間からの合図に違いない。

　那道煙霧，一定是同伴給我們的暗號。

| ます形 合図します | ない形 合図しない | た形 合図した |

あいする【愛する】（他サ）愛，愛慕：喜愛，有愛情，疼愛，愛護：喜好

✒ 愛する人に手紙を書いた。

　我寫了封信給我所愛的人。

| ます形 愛します | ない形 愛さない | た形 愛した |

あいだ【間】（名）中間：期間：之間

✒ 10年もの間、連絡がなかった。

　長達10年的時間，沒有聯絡了。

あいて【相手】（名）夥伴，共事者；對方，敵手；對象

商売は、相手があればこそ成り立つものです。

所謂的生意，就是要有交易對象才得以成立。

あう【会う】（自五）見面，遇見，碰面

先生とは、大学で会いました。

跟老師在大學裡見過面。

ます形 会います	ない形 会わない	た形 会った

あう【合う】（自五）適合；一致；正確

時間が合えば、会いたいです。

如果時間允許，希望能見一面。

ます形 合います	ない形 合わない	た形 合った

あおい【青い】（形）藍色的；綠的

青い箱か赤い箱に、プレゼントが入っています。

藍色盒子或紅色盒子裡裝了禮物。

丁寧形 青いです	ない形 青くない	た形 青かった

あかい【赤い】（形）紅色的

この木の葉は、1年中赤いです。

這葉子，一整年都是紅的。

丁寧形 赤いです	ない形 赤くない	た形 赤かった

あかちゃん【赤ちゃん】（名）嬰兒

赤ちゃんは、泣いてばかりいます。

嬰兒只是哭著。

あかり【明かり】（名）燈，燈火；光，光亮；消除嫌疑的證據

明かりがついていると思ったら、息子が先に帰っていた。

我還在想燈怎麼是開著的，原來是兒子先回到家了。

あがる【上がる】（自五）上昇；昇高；上升

野菜の値段が上がるようだ。

青菜的價格好像要上漲了。

ます形 上がります	ない形 上がらない	た形 上がった

あ

あかるい【明るい】（形）明亮，光明的；鮮明，亮色；快活，爽朗

✎ 電気をつけて、部屋が明るくなった。

打開電燈後，房間變亮了。

| 丁寧形 明るいです | ない形 明るくない | た形 明るかった |

あかんぼう【赤ん坊】（名）嬰兒

✎ 赤ん坊が歩こうとしている。

嬰兒在學走路。

あき【秋】（名）秋天

✎ 秋になったら、旅行をしたいです。

等秋天時想去旅行。

あきらめる【諦める】（他下一）死心，放棄；想開

✎ 彼は、諦めたかのように下を向いた。

他有如死心般地，低下了頭。

| ます形 諦めます | ない形 諦めない | た形 諦めた |

あきる【飽きる】（自上一）夠，滿足；厭煩，煩膩

✎ この映画を3回見て、飽きるどころかもっと見たくなった。

我這部電影看了三次，不僅不會看膩，反而更想看了。

| ます形 飽きます | ない形 飽きない | た形 飽きた |

あく【開く】（自五）打開，開（著）；開業

✎ ドアが開いている。

門開著。

| ます形 開きます | ない形 開かない | た形 開いた |

あく【空く】（自五）空隙；閒著；有空

✎ 席が空いたら、坐ってください。

如空出座位來，請坐下。

| ます形 空きます | ない形 空かない | た形 空いた |

あくしゅ【握手】（名・自サ）握手；和解；合作

✎ 会談の始まりに際して、両国の首相が握手した。

會談開始的時候，兩國首相握了手。

| ます形 握手します | ない形 握手しない | た形 握手した |

アクセント【accent】（名）重音；重點，強調之點；語調

✎ アクセントからして、彼女は大阪人のようだ。

聽口音，她應該是大阪人。

あける【開ける】（他下一）打開；開始　◎T02

✎ ドアを開けます。

把門打開。

ます形 開けます	ない形 開けない	た形 開けた

あげる【上げる】（他下一）舉起；送給；逮捕

✎ 私が手を上げたとき、彼も手を上げた。

當我舉起手時，他也舉起了手。

ます形 上げます	ない形 上げない	た形 上げた

あげる（他下一）給；送

✎ ほしいなら、あげますよ。

如果想要，就送你。

ます形 あげます	ない形 あげない	た形 あげた

あさ【朝】（名）早上，早晨

✎ 朝起きて、新聞を読みます。

早上起床後看報紙。

あさい【浅い】（形）（水等）淺的；（顏色）淡的；（程度）膚淺的

✎ 子供用のプールは浅いです。

孩童用的游泳池很淺。

丁寧形 浅いです	ない形 浅くない	た形 浅かった

あさごはん【朝ご飯】（名）早餐

✎ 朝ご飯を食べました。

吃過早餐了。

あさって【明後日】（名）後天

✎ 郵便局へは、明後日行きます。

後天去郵局。

あ

あさねぼう【朝寝坊】（名・自サ）賴床；愛賴床的人

✑ うちの息子は、朝寝坊をしたがる。

我兒子老愛賴床。

ます形 朝寝坊します　　　　　　ない形 朝寝坊しない　　　　　た形 朝寝坊した

あし【足】（名）腿；腳；（器物的）腿；走，移動

✑ たくさん歩いて、足を丈夫にします。

多走路讓腳變得更強壯。

あじ【味】（名）味道；妙處

✑ 彼によると、このお菓子はオレンジの味がするそうだ。

聽他說這糕點有柳橙味。

あした【明日】（名）明天

✑ 今日も明日も仕事です。

今天和明天都要工作。

あす【明日】（名）明天（較文言）

✑ 今日忙しいなら、明日でもいいですよ。

如果今天很忙，那明天也可以喔！

あずかる【預かる】（他五）收存，（代人）保管；負責處理；保留

✑ 金を預かる。

保管錢。

ます形 預かります　　　　　　ない形 預からない　　　　　た形 預かった

あずける【預ける】（他下一）寄放，存放；委託

✑ あんな銀行に、お金を預けるものか。

我絕不把錢存到那種銀行！

ます形 預けます　　　　　　ない形 預けない　　　　　た形 預けた

あせ【汗】（名）汗

✑ テニスにしろ、サッカーにしろ、汗をかくスポーツは爽快だ。

不論是網球或足球都好，只要是會流汗的運動，都令人神清氣爽。

あそこ（代）那邊
☞ あそこのプールは、広くてきれいです。
那邊的游泳池又寬又乾淨。

あそび【遊び】（名）遊玩，玩耍；間隙
☞ 勉強より、遊びのほうが楽しいです。
玩樂比讀書有趣。

あそぶ【遊ぶ】（自五）遊玩；遊覽，消遣；閒置
☞ 六本木ヒルズというところで遊びました。
在一個叫六本木山丘的地方玩。

ます形 遊びます	ない形 遊ばない	た形 遊んだ

あたえる【与える】（他下一）給與，供給；授與；使蒙受；分配
☞ 子どもにたくさんお金を与えるものではない。
不該給小孩太多錢。

ます形 与えます	ない形 与えない	た形 与えた

あたたかい【暖かい】（形）溫暖的，溫和的；和睦的，親切的；充裕的
☞ タイという国は、暖かいですか。
泰國那個國家很暖和嗎？

丁寧形 暖かいです	ない形 暖かくない	た形 暖かかった

あたためる【暖める】（他下一）使溫暖；重溫，恢復；擱置不發表
☞ ストーブで部屋を暖めよう。
開暖爐暖暖房間吧！

ます形 暖めます	ない形 暖めない	た形 暖めた

あたま【頭】（名）頭；（物體的上部）頂；頭髮；頭目，首領
☞ 頭が痛いわ。
頭好痛哦。

あたらしい【新しい】（形）新的；新鮮的；時髦的
☞ あれは、新しい建物です。
那是新的建築物。

丁寧形 新しいです	ない形 新しくない	た形 新しかった

あ

あたり【辺（り）】（名・造語）附近，一帶；之類
✎ この辺りからあの辺りにかけて、畑が多いです。
從這邊到那邊，有許多田地。

あたりまえ【当たり前】（名）當然，應然；平常
✎ 新しい商品を販売する上は、商品知識を勉強するのは当たり前です。
既然要販售新產品，當然就要好好學習產品相關知識。

あたる【当（た）る】（自五・他五）碰撞；擊中；合適；太陽照射；取暖 **T03**
✎ この花は、屋内屋外を問わず、日の当たるところに置いてください。
不論是屋內或屋外都可以，請把這花放在太陽照得到的地方。

ます形 当たります	ない形 当たらない	た形 当たった

あちら（代）那裡；那位
✎ あちらは、小林さんという方です。
那位是小林先生。

あつい【厚い】（形）厚；（感情、友情）深厚，優厚
✎ ケーキを厚く切らないでください。
請別把蛋糕切得太厚。

丁寧形 厚いです	ない形 厚くない	た形 厚かった

あつい【暑い】（形）（天氣）熱，炎熱
✎ 暑いか寒いか、わかりません。
不知道是熱是冷。

丁寧形 暑いです	ない形 暑くない	た形 暑かった

あつい【熱い】（形）（溫度）熱的，燙的；熱心
✎ 熱いから、気をつけてください。
很燙的，請小心。

丁寧形 熱いです	ない形 熱くない	た形 熱かった

あつかう【扱う】（他五）操作，使用；對待，待遇；調停，仲裁
✎ この商品を扱うに際しては、十分気をつけてください。
使用這個商品時，請特別小心。

ます形 扱います	ない形 扱わない	た形 扱った

あつまる【集まる】（自五）聚集，集合；集中

☞ パーティーに、1000人も集まりました。

多達1000人，來參加派對。

ます形 集まります	ない形 集まらない	た形 集まった

あつめる【集める】（他下一）集合；收集

☞ 生徒たちを、教室に集めなさい。

叫學生到教室集合。

ます形 集めます	ない形 集めない	た形 集めた

あてる【当てる】（他下一）碰撞，接觸；命中；猜，預測；對著，朝向

☞ 僕の年が当てられるものなら、当ててみろよ。

你要能猜中我的年齡，你就猜看看啊！

ます形 当てます	ない形 当てない	た形 当てた

あと【後】（名）（時間）以後；（地點）後面；（距現在）以前；（次序）之後

☞ 後で教えてくださいませんか。

能不能待會兒教我？

あなた（代）（對長輩或平輩尊稱）你，您；（妻子叫先生）老公

☞ あなたは、どなたに英語を習いましたか。

你英語是跟哪位學的？

あに【兄】（名）哥哥，家兄；大伯子，大舅子，姐夫

☞ 兄は、映画が好きです。

哥哥喜歡看電影。

あね【姉】（名）姊姊，家姊；嫂子，大姑子，大姨子

☞ 姉は、目が大きいです。

姊姊的眼睛很大。

あの（連體）（表第三人稱，離說話雙方都距離遠的）那裡，哪個，哪位

☞ この店でも、あの店でも売っています。

這家店和那家店都有在賣。

あのう（感）喂；嗯（招呼人時，躊躇或不能馬上說出下文時）

✐ あのう、この道をまっすぐ行くと、駅ですか。

請問一下，沿著這條路直走，就可以到車站嗎？

アパート（名）公寓

✐ 先生のアパートはあれです。

老師住的公寓是那一間。

あびる【浴びる】（他上一）淋、浴，澆；照，曬；遭受，蒙受

✐ 冷たい水を浴びて、風邪を引いた。

洗冷水澡結果感冒了。

ます形 浴びます	ない形 浴びない	た形 浴びた

あぶない【危ない】（形）危險，不安全；（形勢、病情等）危急

✐ あっちは危ないから、気をつけて。

那裡很危險，小心一點。

丁寧形 危ないです	ない形 危なくない	た形 危なかった

あぶら【脂】（名）脂肪，油脂；（喻）活動力，幹勁

✐ こんな目に遭っては、恐ろしくて脂汗が出るというものだ。

遇到這麼慘的事，我大概會嚇得直流汗吧！

あまい【甘い】（形）甜的；甜蜜的；（口味）淡的

✐ これは、甘いお菓子です。

這是甜的糕點。

丁寧形 甘いです	ない形 甘くない	た形 甘かった

あまり（副・名）（後接否定）不太…，不怎麼…；太，過份；剩餘，剩下

✐ パンは、あまり食べません。

我很少吃麵包。

あまる【余る】（自五）剩餘；超過，過分，承擔不了

✐ 時間が余りぎみだったので、喫茶店に行った。

看來還有時間，所以去了咖啡廳。

ます形 余ります	ない形 余らない	た形 余った

あ

あやまる【謝る】（自五）道歉，謝罪

✑ そんなに<ruby>謝<rt>あやま</rt></ruby>らなくてもいいですよ。

不必道歉到那種地步。

ます形 謝ります	ない形 謝らない	た形 謝った

あらう【洗う】（他五）沖洗，清洗；（徹底）調查，查（清）

✑ <ruby>石鹸<rt>せっけん</rt></ruby>で<ruby>洗<rt>あら</rt></ruby>いました。

用香皂洗過了。

ます形 洗います	ない形 洗わない	た形 洗った

あらそう【争う】（他五）爭奪；爭辯；對抗，競爭

✑ <ruby>裁判<rt>さいばん</rt></ruby>で<ruby>争<rt>あらそ</rt></ruby>う<ruby>際<rt>さい</rt></ruby>には、<ruby>法律<rt>ほうりつ</rt></ruby>をしっかり<ruby>勉強<rt>べんきょう</rt></ruby>しなければならない。

遇到訴訟糾紛時，得徹底把法律學好才行。

ます形 争います	ない形 争わない	た形 争った

あらためる【改める】（他下一）改正，修正，革新；檢查

✑ <ruby>酒<rt>さけ</rt></ruby>で<ruby>失敗<rt>しっぱい</rt></ruby>して<ruby>以来<rt>いらい</rt></ruby>、<ruby>私<rt>わたし</rt></ruby>は<ruby>行動<rt>こうどう</rt></ruby>を<ruby>改<rt>あらた</rt></ruby>めることにした。

自從飲酒誤事以後，我就決定檢討改進自己的行為。

ます形 改めます	ない形 改めない	た形 改めた

あらゆる【有らゆる】（連體）一切，所有

✑ <ruby>資料<rt>しりょう</rt></ruby>を<ruby>分析<rt>ぶんせき</rt></ruby>するのみならず、あらゆる<ruby>角度<rt>かくど</rt></ruby>から<ruby>検討<rt>けんとう</rt></ruby>すべきだ。

不單只是分析資料，也必須從各個角度去探討才行。

あらわす【表す】（他五）表現出，表達；象徵，代表

✑ この<ruby>複雑<rt>ふくざつ</rt></ruby>な<ruby>気持<rt>きも</rt></ruby>ちは、<ruby>表<rt>あらわ</rt></ruby>しようがない。

我這複雜的心情，實在無法表現出來。

ます形 表します	ない形 表さない	た形 表した

あらわれる【現れる】（自下一）出現，呈現，顯露

✑ <ruby>意外<rt>いがい</rt></ruby>な<ruby>人<rt>ひと</rt></ruby>が<ruby>突然<rt>とつぜん</rt></ruby><ruby>現<rt>あらわ</rt></ruby>れた。

突然出現了一位意想不到的人。

ます形 現れます	ない形 現れない	た形 現れた

ありがたい【有り難い】（形）難得，少有；值得感謝，感激，值得慶幸

✑ <ruby>手伝<rt>てつだ</rt></ruby>ってくれるとは、なんと<ruby>有<rt>あ</rt></ruby>り<ruby>難<rt>がた</rt></ruby>いことか。

你願意幫忙，是多麼令我感激啊！

丁寧形 有り難いです	ない形 有り難くない	た形 有り難かった

ありがとう（寒暄）謝謝，太感謝了

☞ 何_{なに}から何_{なに}まで、ありがとう。

謝謝多方照顧。

ある（自五）有，存在；持有，具有；舉行，辦理

☞ 鉛筆_{えんぴつ}はありますが、ペンはありません。

有鉛筆但沒原子筆。

ます形 **あります**　　　　　ない形 **ない**　　　　　た形 **あった**

ある【或る】（連體）（動詞「あり」的連體形轉變，表示不明確、不肯定）某，有

☞ ある意味_{いみ}ではそれは正_{ただ}しい。

就某意義而言，那是對的。

あるいは【或いは】（接・副）或者，或是，也許；有的，有時

☞ ペンか、あるいは鉛筆_{えんぴつ}を持_もってきてください。

請帶筆或鉛筆過來。

あるく【歩く】（自五）走路，步行；到處

☞ 道_{みち}を歩_{ある}きます。

走在路上。

ます形 **歩きます**　　　　　ない形 **歩かない**　　　　　た形 **歩いた**

アルバイト【（德）Arbeit】（名・自サ）打工，副業

☞ アルバイトばかりしていないで、勉強_{べんきょう}もしなさい。

別光打工，也要唸書啊！？

あれ（代）（表事物、時間、人等第三稱）那，那個；那時；那裡

☞ これはあれとは違_{ちが}います。

這個跟那個是不一樣的。

あれっ（感）（驚訝、恐怖、出乎意料等場合發出的聲音）呀！哎呀！

☞ あれっ、何_{なん}の音_{おと}だ。

哎呀！那是什麼聲音啊！？

あわせる【合わせる】（他下一）合併：核對，對照：加在一起，混合：配合，調合

みんなで力を合わせたとしても、彼に勝つことはできない。

就算大家聯手，也是沒辦法贏過他。

| ます形 合わせます | ない形 合わせない | た形 合わせた |

あわてる【慌てる】（自下一）驚慌，急急忙忙，匆忙，不穩定

突然質問されて、さすがに慌てた。

突然被這麼一問，到底還是慌了一下。

| ます形 慌てます | ない形 慌てない | た形 慌てた |

あんがい【案外】（副・形動）意想不到，出乎意外

難しいと思ったら、案外易しかった。

原以為很難，結果卻簡單得叫人意外。

| 丁寧形 案外です | ない形 案外ではない | た形 案外だった |

あんしん【安心】（名・自サ）安心，放心

大丈夫だから、安心しなさい。

沒事的，放心好了。

| ます形 安心します | ない形 安心しない | た形 安心した |

あんぜん【安全】（名・形動）安全。

安全な使いかたをしなければなりません。

使用時必須注意安全。

| 丁寧形 安全です | ない形 安全ではない | た形 安全だった |

あんな（連體）那樣的：那樣地

私だったら、あんなことはしません。

如果是我的話，才不會做那種事。

あんない【案内】（名・他サ）引導：帶路：指南

京都を案内してさしあげました。

我陪同他遊覽了京都。

| ます形 案内します | ない形 案内しない | た形 案内した |

○T05

[いィ]

※動詞「た形」變化跟「て形」一樣。如：買う→買った、買って

い【胃】（名）胃

☞ あるものを全部食べきったら、胃が痛くなった。

　吃完了所有東西以後，胃就痛了起來。

いい・よい（形）好，佳，良好；貴重，高貴；美麗，漂亮；可以

☞ いい天気ですが、午後は雨が降ります。

　天氣雖好，但是下午會下雨。

丁寧形 いいです	ない形 よくない	た形 よかった

いいえ（感）（用於否定）不是，不對，沒有

☞ いいえ、私の靴はそれではありません。

　不，那不是我的鞋子。

いう【言う】（他五）說，講；說話，講話；講述；忠告；叫做

☞ 誰がそんなことを言いましたか。

　誰說過那種話？

ます形 言います	ない形 言わない	た形 言った

いえ【家】（名）房子；（自己的）家，家庭；家世

☞ 家に帰ります。

　我要回家。

いか【以下】（名・接尾）以下；在這以後，下面

☞ あの女性は、３０歳以下の感じがする。

　那位女性，感覺不到30歳。

いがい【以外】（名）除外；除了…以外

☞ 彼以外は、みんな来るだろう。

　除了他以外，大家都會來吧！

いかが【如何】（副・形動）如何，怎麼樣

☞ こんな洋服は、いかがですか。

　這一類的洋裝，您覺得如何？

いがく【医学】（名）（研究、預防疾病的學問）醫學

☞ 医学を勉強するなら、東京大学がいいです。

如果要學醫，我想讀東京大學。

いき【息】（名）呼吸，氣息；步調

☞ 息を全部吐ききってください。

請將氣全部吐出來。

いきおい【勢い】（名）勢，勢力；氣勢，氣焰

☞ その話を聞いたとたんに、彼はすごい勢いで部屋を出て行った。

他聽到那番話，就氣沖沖地離開了房間。

いきる【生きる】（自上一）活著；謀生；充分發揮

☞ 彼は、一人で生きていくそうです。

聽說他打算一個人活下去。

ます形 生きます	ない形 生きない	た形 生きた

いく【行く】（自五）去，往；行，走；離去；經過

☞ 兄は行きますが、私は行きません。

哥哥會去，但是我不去。

ます形 行きます	ない形 行かない	た形 行った

いくつ【幾つ】（名）（不確定的個數、年齡）幾個，多少；幾歲

☞ いくつぐらいほしいですか。

大約要幾個？

いくら【幾ら】（名）多少（錢、價格、數量等）

☞ その長いスカートは、いくらですか。

那條長裙多少錢？

いくら…ても（副）無論…也不…

☞ いくらほしくても、これはさしあげられません。

無論你多想要，這個也不能給你。

い

いけ【池】（名）池塘，池子：（庭院中的）水池

✏ あっちの方に、大きな池があります。

　那邊有大池塘。

いけない（形・連語）　不好，糟糕：沒希望，不行：不許，不可以

✏ 病気だって？それはいけないね。

　生病了！那可不得了了。

いけん【意見】（名）意見：勸告

✏ あの学生は、いつも意見を言いたがる。

　那個學生，總是喜歡發表意見。

いご【以後】（名）今後，以後，將來：（接尾語用法）（在某時期）以後

✏ 交通事故に遭ったのをきっかけにして、以後は車に気をつけるようになりました。

　出車禍以後，對車子就變得很小心了。

いさましい【勇ましい】（形）勇敢的，振奮人心的：活潑的：（俗）有勇無謀

✏ 彼らの行動には、勇ましいものがある。

　他們的行為有種振奮人心的力量。

丁寧形 勇ましいです	ない形 勇ましくない	た形 勇ましかった

いし【石】（名）石頭

✏ 池に石を投げるな。

　不要把石頭丟進池塘裡。

いし【意志】（名）意志，志向，心意

✏ 本人の意志に反して、社長に選ばれた。

　與當事人的意願相反，他被選為社長。

いじめる【苛める】（他下一）欺負，虐待

✏ 誰にいじめられたの。

　你被誰欺負了？

ます形 苛めます	ない形 苛めない	た形 苛めた

いしゃ【医者】（名）醫生，大夫　T06

医者になりたいです。

我想成為醫生。

いじょう【以上】（名）…以上：以上

100人以上のパーティーと二人で遊びに行くのと、どちらのほうが好きですか。

你喜歡參加百人以上的派對，還是兩人單獨出去玩？

いす【椅子】（名）椅子：職位，位置

あちらのいすを持っていきます。

把那張椅子拿過去。

いぜん【以前】（名）以前：更低階段（程度）的：（某時期）以前

以前、東京でお会いした際に、名刺をお渡ししたと思います。

我記得之前在東京跟您會面時，有遞過名片給您。

いそがしい【忙しい】（形）忙，忙碌

仕事で忙しかったです。

為工作而忙。

丁寧形 忙しいです	ない形 忙しくない	た形 忙しかった

いそぐ【急ぐ】（自五）急忙：快走

急いだのに、授業に遅れました。

雖然趕來了，但上課還是遲到了。

ます形 急ぎます	ない形 急がない	た形 急いだ

いた【板】（名）木板：薄板：舞台

板に釘を打った。

把釘子敲進木板。

いたい【痛い】（形）疼痛：（因為遭受打擊而）痛苦，難過：（觸及弱點而感到）難堪

おなかが痛いのは、どの人ですか。

是誰肚子痛？

丁寧形 痛いです	ない形 痛くない	た形 痛かった

い

いだい【偉大】（形動）偉大的，魁梧的

ベートーベンは偉大な作曲家だ。

貝多芬是位偉大的作曲家。

丁寧形 偉大です	ない形 偉大ではない	た形 偉大だった

いたす【致す】（自他五）做，辦

このお菓子は、変わった味が致しますね。

這個糕點有奇怪的味道。

ます形 致します	ない形 致さない	た形 致した

いただきます（連語）（吃飯前的客套話）我不客氣了

いただきます。これは、おいしいですね。

我就不客氣了。這個真好吃。

いただく（他五）接收，領取；吃，喝

その品物は、私がいただくかもしれない。

那商品也許我會要。

ます形 いただきます	ない形 いただかない	た形 いただいた

いたむ【痛む】（自五）疼痛；苦惱；損壞

傷が痛まないこともないが、まあ大丈夫です。

傷口並不是不會痛，不過沒什麼大礙。

ます形 痛みます	ない形 痛まない	た形 痛んだ

いち【一】（名）一；第一，最初，起頭；最好，首位

日本語を一から勉強しませんか。

要不要從頭開始學日語？

いち【位置】（名・自サ）位置，場所；立場；位於

机は、どの位置に置いたらいいですか。

書桌放在哪個地方好呢？

ます形 位置します	ない形 位置しない	た形 位置した

いちど【一度】（名）一次，一回

一度あんなところに行ってみたい。

想去一次那樣的地方。

いちにち【一日】（名）一天，終日；一整天；（每月的）一號（如是此意要註假名為「ついたち」）

✎ 1日勉強して、疲れた。

　唸了一整天的書，好累。

いちばん【一番】（名・副）最初，第一；最好，最妙；最優秀，最出色

✎ 誰が一番頭がいいですか。

　誰的頭腦最好？

いつ【何時】（代）何時，幾時，什麼時候；平時

✎ いつでも大丈夫です。

　什麼時候都行。

いつか【五日】（名）（每月的）五號，五日；五天

✎ 五日は暇ですが、六日は忙しいです。

　我五號有空，但是六號很忙。

いつか【何時か】（副）未來的不定時間，改天；過去的不定時間，以前

✎ またいつかお会いしましょう。

　改天再見吧！

いっしょ【一緒】（名）一同，一起；（時間）一齊；一樣

✎ 林さんと一緒に行くわ。

　我要跟林先生一起去。

いっしょう【一生】（名）一生，終生，一輩子

✎ あいつとは、一生口をきくものか。

　我這輩子，絕不跟他講話。

いっそう【一層】（副）更，越發

✎ 大会で優勝できるように、一層努力します。

　為了比賽能得冠軍，我要比平時更加努力。

い

いつつ【五つ】（名）五個；五歳；第五（個）

✎ 五つ（いつ）で一（ワン）セットです。

五個一組。

いってまいります（寒暄）我走了

✎ 息子（むすこ）は、「いってまいります。」と言（い）ってでかけました。

兒子說：「我出門啦！」便出去了。

いつでも【何時でも】（副）無論什麼時候，隨時，經常，總是

✎ 彼（かれ）はいつでも勉強（べんきょう）している。

他無論什麼時候都在看書。

いってらっしゃい（寒暄）慢走，好走

✎ いってらっしゃい。何時（なんじ）に帰（かえ）るの。

路上小心啊！幾點回來呢？

いっぱい（副）滿滿地；很多

✎ そんなにいっぱいくださったら、多（おお）すぎます。

您給我那麼多，太多了。

いっぱん【一般】（名）一般，普遍；相同，同樣

✎ 展覧会（てんらんかい）は、会員（かいいん）のみならず、一般（いっぱん）の人（ひと）も入（はい）れます。

展覽會不僅限於會員，一般人也可以進入參觀。

いっぽう【一方】（名・副助・接）一個方向；一個角度；一面，同時；（兩個中的）一個

✎ 勉強（べんきょう）する一方（いっぽう）で、仕事（しごと）もしている。

我一邊唸書，也一邊工作。

いつも【何時も】（副）經常，隨時，無論何時；日常，往常

✎ いつも兄（あに）とけんかします。

經常跟哥哥吵架。

いと【糸】（名）線；（三弦琴的）弦

✍ 糸と針を買いに行くところです。

　正要去買線和針。

いない【以内】（名）不超過…；以内

✍ 1万円以内なら、買うことができます。

　如果不超過一萬日圓，就可以買。

いなか【田舎】（名）鄉下

✍ 田舎のおかあさんの調子はどうだい。

　你鄉下母親的身體還好吧？

いね【稲】（名）水稻，稻子

✍ 太陽の光のもとで、稲が豊かに実っています。

　稻子在陽光之下，結實累累。

いのち【命】（名）生命，命；壽命

✍ 命が危ないところを、助けていただきました。

　在我性命危急時，他救了我。

いのる【祈る】（自五）祈禱；祝福

✍ みんなで、平和について祈るところです。

　大家正要為和平而祈禱。

ます形 祈ります	ない形 祈らない	た形 祈った

いはん【違反】（名・自サ）違反，違犯

✍ スピード違反をした上に、駐車違反までしました。

　不僅超速，甚至還違規停車。

ます形 違反します	ない形 違反しない	た形 違反した

いま【今】（名）現在，此刻；（表最近的將來）馬上；剛才

✍ 先生がたは、今どこにいらっしゃいますか。

　老師們現在在什麼地方？

い

いまに【今に】（副）就要，即將，馬上；至今，直到現在
彼は、現在は無名にしろ、今に有名になるに違いない。
儘管他現在只是個無名小卒，但他一定很快會成名的。

いみ【意味】（名）（詞句等）意思，含意；動機
意味がわかります。
我了解意思。

いもうと【妹】（名）妹妹
妹は、本が好きです。
妹妹喜歡看書。

いや【嫌】（形動）討厭，不喜歡，不願意；厭煩，厭膩；不愉快
黒いシャツは嫌です。白いのがいいです。
我不喜歡黑襯衫。最好是白色的。

丁寧形 嫌です	ない形 嫌ではない	た形 嫌だった

いらっしゃいませ（寒暄）歡迎光臨
いらっしゃいませ。何になさいますか。
歡迎光臨。你想點什麼？

いらっしゃる（自五）（尊敬語）來，去，在
忙しければ、いらっしゃらなくてもいいですよ。
如果很忙，不來也沒關係的。

ます形 いらっしゃいます	ない形 いらっしゃらない	た形 いらっしゃった

いりぐち【入り口】（名）入口，門口；開始，起頭
トイレの入り口はどれですか。
洗手間的入口是哪一個？

いる【居る】（自上一）（人或動物的存在）有，在；居住
どうして、ここにいるのですか。
為什麼你在這裡？

ます形 居ます	ない形 居ない	た形 居た

いる【要る】（自五）要，需要，必要

☞ 飲(の)み物(もの)はいりません。

不需要飲料。

ます形 要ります	ない形 要らない	た形 要った

いれる【入れる】（他下一）放入，裝進；送進，收容；包含，計算進去

☞ 本(ほん)をかばんに入(い)れます。

把書放進包包裡。

ます形 入れます	ない形 入れない	た形 入れた

いろ【色】（名）顏色；色澤；臉色，神色

☞ あそこのリンゴ、色(いろ)がきれいですね。

那裡的蘋果，色澤真是美。

いろいろ（形動）各種各樣，各式各樣，形形色色

☞ いろいろありますが、あなたはどれが好(す)きですか。

有各種不同的動物，你喜歡哪一種？

丁寧形 いろいろです	ない形 いろいろではない	た形 いろいろだった

いわ【岩】（名）岩，岩石

☞ ここを畑(はたけ)にするには、あの大(おお)きな岩(いわ)をどけるよりほかない。

要把這裡改為田地的話，就只得將那個大岩石移開了。

いわう【祝う】（他五）祝賀，慶祝；祝福；送賀禮；致賀詞

☞ みんなで彼(かれ)の合格(ごうかく)を祝(いわ)おう。

大家一起來慶祝他上榜吧！

ます形 祝います	ない形 祝わない	た形 祝った

いん【員】（名・接尾）…員

☞ 研究員(けんきゅういん)としてやっていくつもりですか。

你打算當研究員嗎？

インキ【ink】（名）墨水

☞ 万年筆(まんねんひつ)のインキがなくなったので、サインのしようがない。

因為鋼筆的墨水用完了，所以沒辦法簽名。

いんさつ【印刷】（名・他サ）印刷

✏ 原稿ができたら、すぐ印刷にまわすことになっています。

稿一完成，就要馬上送去印刷。

ます形 印刷します　　　　ない形 印刷しない　　　　た形 印刷した

いんしょう【印象】（名）印象

✏ 旅行の印象に加えて、旅行中のトラブルについても聞かれました。

除了對旅行的印象之外，也被問到了有關旅行時所發生的糾紛。

［ うゥ ］

※動詞「た形」變化跟「て形」一樣。如：買う→買った、買って

うえ【上】（名）（位置）上面，上部；表面；（能力等、地位、等級）高

✏ 机の上に本があります。

桌上有書。

うえる【植える】（他下一）種植；培植

✏ 花の種をさしあげますから、植えてみてください。

我送你花的種子，你試種看看。

ます形 植えます　　　　ない形 植えない　　　　た形 植えた

うかがう（他五）拜訪；打聽（謙讓語）

✏ 先生のお宅にうかがったことがあります。

我拜訪過老師家。

ます形 うかがいます　　　　ない形 うかがわない　　　　た形 うかがった

うかがう（他五）詢問；打聽

✏ 先生でもわからないかもしれないが、まあうかがってみましょう。

老師或許也不知道，總之問問看吧！

うかぶ【浮かぶ】（自五）漂，浮起；浮現，露出

✏ そのとき、すばらしいアイデアが浮かんだ。

就在那時，靈光一現，腦中浮現了好點子。

ます形 浮かびます　　　　ない形 浮かばない　　　　た形 浮かんだ

うく【浮く】（自五）飄浮：動搖，鬆動：結餘：輕薄

≪ 面白い形の雲が、空に浮いている。

　天空裡飄著一朵形狀有趣的雲。

ます形 浮きます	ない形 浮かない	た形 浮いた

うけつけ【受付】（名・他サ）詢問處：受理：受理申請

≪ 受付に行こうとしているのですが、どちらのほうでしょうか。

　我想去詢問處，請問在哪一邊？

ます形 受付します	ない形 受付しない	た形 受付けした

うけとる【受け取る】（他五）領，接收，理解，領會

≪ 意味のないお金は、受け取りようがありません。

　沒來由的金錢，我是不能收下的。

ます形 受け取ります	ない形 受け取らない	た形 受け取った

うける【受ける】（他下一）接受：遭受：報考

≪ いつか、大学院を受けたいと思います。

　我將來想報考研究所。

ます形 受けます	ない形 受けない	た形 受けた

うごかす【動かす】（他五）　移動，挪動，活動：搖動：給予影響，感動

≪ 体を動かす。

　活動身體。

ます形 動かします	ない形 動かさない	た形 動かした

うごく【動く】（自五）動，移動：運動：作用

≪ 動かずに、そこで待っていてください。

　請不要離開，在那裡等我。

ます形 動きます	ない形 動かない	た形 動いた

うしろ【後ろ】（名）後面：背面，背地裡

≪ あなたの後ろに、なにかあります。

　你的後面好像有什麼東西。

うすい【薄い】（形）薄：淡：待人冷淡：稀少，缺乏

≪ パンを薄く切ります。

　把麵包切薄。

丁寧形 薄いです	ない形 薄くない	た形 薄かった

うそ【嘘】（名）謊言；錯誤

✐ 彼は、嘘ばかり言う。
　他老愛說謊。

うた【歌】（名）歌，歌曲；和歌，詩歌；謠曲

✐ あなたは、歌を歌いますか。
　你會唱歌嗎？

うたう【歌う】（他五）唱歌；賦詩，歌詠；謳歌，歌頌

✐ どちらの歌を歌いますか。
　你要唱哪首歌？

| ます形 歌います | ない形 歌わない | た形 歌った |

うたがう【疑う】（他五）懷疑，疑惑，不相信，猜測

✐ 彼のことは、友人でさえ疑っている。
　他的事情，就連朋友也都在懷疑。

| ます形 疑います | ない形 疑わない | た形 疑った |

うち【家】（名）家，家庭；房子；自己的家裡

✐ 彼女は家にいるでしょう。
　她應該在家吧！

うち【内】（名）内部；…之中；…之内

✐ 今年のうちに、お金を返してくれますか。
　年内可以還我錢嗎？

うつ【打つ】（他五）打擊，打

✐ イチローがホームランを打ったところだ。
　一郎正好擊出全壘打。

| ます形 打ちます | ない形 打たない | た形 打った |

うつ【打つ・討つ・撃つ】（他五）使勁用某物撞打他物，打，擊，拍，碰

✐ 後頭部を強く打つ。
　重擊後腦部。

うっかり（副・自サ）不注意，不留神；發呆，茫然

☞ うっかりしたものだから、約束を忘れてしまった。

因為一時不留意，而忘了約會。

ます形 うっかりします	ない形 うっかりしない	た形 うっかりした

うつくしい【美しい】（形）美麗，好看

☞ 美しい絵を見ることが好きです。

喜歡看美麗的畫。

丁寧形 美しいです	ない形 美しくない	た形 美しかった

うつす【写す】（他五）照相；摹寫

☞ 写真を写してあげましょうか。

我幫你照相吧！

ます形 写します	ない形 写さない	た形 写した

うつす【映す】（他五）映，照；放映

☞ 鏡に姿を映して、おかしくないかどうか見た。

我照鏡子，看看樣子奇不奇怪。

ます形 映します	ない形 映さない	た形 映した

うつす【移す】（他五）移，搬；使傳染；度過時間　🔘 T09

☞ 住まいを移す。

遷移住所。

ます形 移します	ない形 移さない	た形 移した

うつる【移る】（自五）移動；推移；沾到

☞ あちらの席にお移りください。

請移到那邊的座位。

ます形 移ります	ない形 移らない	た形 移った

うで【腕】（名）胳臂；本領

☞ 彼女の腕は、枝のように細い。

她的手腕像樹枝般細。

うまい（形）拿手；好吃；非常適宜，順利

☞ 彼はテニスはうまいのに、ゴルフは下手です。

他網球打得好，但高爾夫卻打不好。

丁寧形 うまいです	ない形 うまくない	た形 うまかった

うまれる【生まれる】（自下一）出生；出現

✍ あなたは、どちらで生まれましたか。

你在哪裡出生的？

ます形 生まれます	ない形 生まれない	た形 生まれた

うみ【海】（名）海，海洋；茫茫一片

✍ 海に遊びに行きませんか。

要不要去海邊玩？

うら【裏】（名）裡面；背後

✍ 紙の裏に名前が書いてあるかどうか、見てください。

請看一下紙的背面有沒有寫名字。

うらやましい【羨ましい】（形）羨慕，令人嫉妒

✍ 庶民からすれば、お金のある人はとても羨ましいのです。

就平民的角度來看，有錢人實在太令人羨慕。

丁寧形 羨ましいです	ない形 羨ましくない	た形 羨ましかった

うりば【売場】（名）賣場

✍ 靴下売場は2階だそうだ。

聽說襪子的賣場在二樓。

うる【売る】（他五）賣，販賣；沽名；出賣

✍ デパートで、かわいいスカートを売っていました。

百貨公司裡有在賣很可愛的裙子。

ます形 売ります	ない形 売らない	た形 売った

うるさい【煩い】（形）吵鬧；囉唆

✍ うるさいなあ。静かにしろ。

很吵耶，安靜一點！

丁寧形 煩いです	ない形 煩くない	た形 煩かった

うれしい【嬉しい】（形）高興，喜悅

✍ 誰でも、ほめられれば嬉しい。

不管是誰，只要被誇都會很高興的。

丁寧形 嬉しいです	ない形 嬉しくない	た形 嬉しかった

う

うれる【売れる】（自下一） 商品賣出，暢銷；變得廣為人知，聞名

☞ この新製品がよく売れる。
　　這個新產品很暢銷。

| ます形 売れます | ない形 売れない | た形 売れた |

うわぎ【上着】（名）上衣，外衣

☞ 上着を脱いで、入ります。
　　脱了外套後再進去。

うわさ【噂】（名・自サ）議論，閒談；傳說，風聲

☞ 本人に聞かないことには、噂が本当かどうかわからない。
　　傳聞是真是假，不問當事人是不知道的。

| ます形 噂します | ない形 噂しない | た形 噂した |

うん（感）對，是

☞ うん、僕はUFOを見たことがあるよ。
　　沒錯，我看過UFO喔！

うん【運】（名）命運，運氣

☞ 宝くじが当たるとは、なんと運がいいことか。
　　竟然中了彩卷，運氣還真好啊！

うんてん【運転】（名・他サ）開車；周轉

☞ 車を運転しようとしたら、かぎがなかった。
　　正想開車，才發現沒有鑰匙。

| ます形 運転します | ない形 運転しない | た形 運転した |

うんてんしゅ【運転手】（名）司機

☞ タクシーの運転手に、チップをあげた。
　　給了計程車司機小費。

うんどう【運動】（名・自サ）運動；運動

☞ 運動し終わったら、道具を片付けてください。
　　運動完了，請將道具收拾好。

| ます形 運動します | ない形 運動しない | た形 運動した |

[えエ]

※動詞「た形」變化跟「て形」一樣。如：買う→買った、買って

え【絵】（名）畫

✎ これは、「ひまわり」という絵です。

這幅畫叫「向日葵」。

えいが【映画】（名）電影

✎ いっしょに映画を見ましょう。

一起看場電影吧！

えいがかん【映画館】（名）電影院

✎ 映画館と銀行があります。

有電影院和銀行。

えいぎょう【営業】（名・自他サ）營業，經商

✎ 営業開始に際して、店長から挨拶があります。

開始營業時，店長會致詞。

ます形 営業します	ない形 営業しない	た形 営業した

えいご【英語】（名）英語，英文

✎ 先生は、英語ができます。

老師懂英語。

えいよう【栄養】（名）營養

✎ 子どもに勉強させる一方、栄養にも気をつけています。

我督促小孩讀書的同時，也注意營養是否均衡。

ええ（感）（用降調表示肯定）是的；（用升調表示驚訝）哎呀

✎ ええ、切手も葉書も買いました。

是的，買了郵票，也買了明信片。

えき【駅】（名）（鐵路的）車站

☞ 駅_{えき}から家_{いえ}まで歩_{ある}きました。

從車站走到家。

エスカレーター【escalator】（名）自動手扶梯

☞ 駅_{えき}にエスカレーターをつけることになりました。

車站決定設置手扶梯。

えだ【枝】（名）樹枝；分支

☞ 枝_{えだ}を切_きったので、遠_{とお}くの山_{やま}が見_みえるようになった。

由於砍掉了樹枝，遠山就可以看到了。

えらい【偉い】（形）偉大，卓越，了不起；（地位）高，（身分）高貴；（出乎意料）嚴重

☞ 彼_{かれ}は学者_{がくしゃ}として偉_{えら}かった。

以一個學者而言他是很偉大的。

丁寧形 偉いです	ない形 偉くない	た形 偉かった

えらぶ【選ぶ】（他五）選擇

☞ 好_すきなのをお選_{えら}びください。

請選您喜歡的。

ます形 選びます	ない形 選ばない	た形 選んだ

エレベーター【elevator】（名）電梯，升降機

☞ 駅_{えき}にはエレベーターがあります。

車站裡有電梯。

えん【円】（名）（日本貨幣單位）日圓

☞ アメリカのは1000円_{えん}ですが、日本_{にほん}のは800円_{えん}です。

美國製的是一千日圓，日本製的是800日圓。

えん【円】（名）（幾何）圓，圓形

☞ 点_{てん}Aを中心_{ちゅうしん}に、円_{えん}を描_かいてください。

請以A點為圓心，畫出一個圓來。

えんぴつ【鉛筆】（名）鉛筆

✐ 鉛筆で書きます。

用鉛筆寫字。

えんりょ【遠慮】（名・自他サ）客氣；謝絕

✐ すみませんが、私は遠慮します。

對不起，請容我拒絕。

ます形 遠慮します	ない形 遠慮しない	た形 遠慮した

［おォ］

※動詞「た形」變化跟「て形」一樣。如：買う→買った、買って

お【御】（接頭）放在字首，表示尊敬語及美化語

✐ お金は、いくらありますか。

你有多少錢？

おあずかりします【お預かりします】（寒暄）收進；保管（暫時代人）

✐ 鍵をお預かりします。

幫您保管鑰匙。

おいしい【美味しい】（形）美味的，可口的，好吃的

✐ その店のラーメンは、おいしいですか。

那家店的拉麵可口嗎？

丁寧形 美味しいです	ない形 美味しくない	た形 美味しかった

おいでになる【お出でになる】（自五）來，去，在（尊敬語）

✐ 明日のパーティーに、社長はお出でになりますか。

明天的派對，社長會蒞臨嗎？

ます形 お出でになります	ない形 お出でにならない	た形 お出でになった

おいわい【お祝い】（名）慶祝，祝福

✐ これは、お祝いのプレゼントです。

這是聊表祝福的禮物。

おう【追う】（他五）追；趕走；逼催，忙於；追求；遵循

刑事は犯人を追っている。

刑警正在追捕犯人。

ます形 追います	ない形 追わない	た形 追った

おうせつま【応接間】（名）會客室

応接間の花に水をやってください。

會客室裡的花澆一下水。

おうふく【往復】（名・自サ）往返，來往；通行量

往復5時間もかかる。

來回要花上五個小時。

ます形 往復します	ない形 往復しない	た形 往復した

おうよう【応用】（名・他サ）應用，運用

基本問題に加えて、応用問題もやってください。

除了基本題之外，也請做一下應用題。

ます形 応用します	ない形 応用しない	た形 応用した

おおい【多い】（形）多的

友だちは、多いほうがいいです。

朋友多一點比較好。

丁寧形 多いです	ない形 多くない	た形 多かった

おおきい【大きい】（形）（數量、體積等）大，巨大；（程度、範圍等）大

あの窓の大きい建物は、学校です。

那棟有著大窗戶的建築物是學校。

丁寧形 大きいです	ない形 大きくない	た形 大きかった

おおきな【大きな】（準連體詞）大，大的

こんな大きな木は見たことがない。

沒看過這麼大的樹木。

おおぜい【大勢】（名）很多（人），衆多（人）；（人數）很多

あそこに、大勢人がいます。

那邊有很多人。

お

オートバイ【auto＋bicycle（日製）】（名）摩托車

✐ そのオートバイは、彼のらしい。
那輛摩托車好像是他的。

オーバー【over】（名）大衣

✐ この黒いオーバーにします。
我要這件黑大衣。

おかあさん【お母さん】（名）（「母」的敬稱）媽媽，母親；您母親，令堂

✐ お母さんと一緒に、買い物をしました。
和媽媽一起去買了東西。

おかえりなさい【お帰りなさい】（寒暄）回來了

✐ お帰りなさい。お茶でも飲みますか。
你回來啦。要不要喝杯茶？

おかげ【お蔭】（寒暄）托福；承蒙關照

✐ あなたが手伝ってくれたおかげで、仕事が終わりました。
多虧你的幫忙，工作才得以結束。

おかげさまで【お蔭様で】（寒暄）託福，多虧

✐ お蔭様で、元気になってきました。
託您的福，我身體好多了。

おかし【お菓子】（名）點心，糕點

✐ あなたは、お菓子しか食べないの。
你只吃點心嗎？

おかしい【可笑しい】（形）奇怪，可笑；不正常

✐ おかしければ、笑いなさい。
如果覺得可笑，就笑呀！

丁寧形 可笑しいです　　　　ない形 可笑しくない　　　　た形 可笑しかった

おかね【お金】（名）錢，貨幣

✐ お金がたくさんほしいです。
　我想要有很多錢。

おかねもち【お金持ち】（名）有錢人

✐ だれでもお金持ちになれる。
　誰都可以成為有錢人。

おき（接尾）每隔…

✐ 天気予報によると、１日おきに雨が降るそうだ。
　根據氣象報告，每隔一天會下雨。

おきる【起きる】（自上一）（倒著的東西）起來，立起來；起床；不睡

✐ わたしは毎朝早く起きます。
　我每天早上都很早起床。

ます形 **起きます**　　　　ない形 **起きない**　　　　た形 **起きた**

おく【億】（名）億

✐ 家を建てるのに、３億円も使いました。
　蓋房子竟用掉了3億日圓。

おく【置く】（他五）放，放置；降，下；處於，處在

✐ そこに、荷物を置いてください。
　請將行李放在那邊。

ます形 **置きます**　　　　ない形 **置かない**　　　　た形 **置いた**

おくさま【奥様】（名）尊夫人，太太

✐ 社長のかわりに、奥様がいらっしゃいました。
　社長夫人代替社長大駕光臨了。

おくさん【奥さん】（名）太太，尊夫人

✐ 奥さんとけんかしますか。
　你會跟太太吵架嗎？

おくじょう【屋上】（名）屋頂

🖉 屋上でサッカーをすることができます。

頂樓可以踢足球。

おくりもの【贈り物】（名）贈品，禮物

🖉 この贈り物をくれたのは、誰ですか。

這禮物是誰送我的？

おくる【送る】（他五）寄送；送行

🖉 東京にいる息子に、お金を送ってやりました。

寄錢給在東京的兒子了。

ます形 送ります	ない形 送らない	た形 送った

おくる【贈る】（他五）贈送，餽贈；授與，贈給

🖉 大学から彼に博士号が贈られた。

大學頒給他博士學位。

ます形 贈ります	ない形 贈らない	た形 贈った

おくれる【遅れる】（自下一）遲到；緩慢

🖉 時間に遅れるな。

不要遲到。

ます形 遅れます	ない形 遅れない	た形 遅れた

おこさん【お子さん】（名）您孩子

🖉 お子さんは、どんなものを食べたがりますか。

您小孩喜歡吃什麼東西？

おこす【起こす】（他五）扶起；叫醒；引起

🖉 父は、「明日の朝、6時に起こしてくれ。」と言った。

父親說：「明天早上六點叫我起床」。

ます形 起こします	ない形 起こさない	た形 起こした

おこなう【行なう】（他五）舉行，舉辦

🖉 来週、音楽会が行なわれる。

音樂將會在下禮拜舉行。

ます形 行ないます	ない形 行なわない	た形 行なった

おこる【怒る】（自五）生氣；斥責

✏ 母に怒られた。

被媽媽罵了一頓！

ます形 怒ります	ない形 怒らない	た形 怒った

おさえる【押さえる】（他下一）按，壓；扣住，勒住；控制；捉住；扣留

✏ この釘を押さえていてください。

請按住這個釘子。

ます形 押さえます	ない形 押さえない	た形 押さえた

おさけ【お酒】（名）酒（「さけ」的鄭重說法）

✏ お祖母さんは、お酒がきらいです。

奶奶不喜歡酒。

おじ【伯父】（名）伯伯，叔叔，舅舅，姨丈，姑丈

✏ 伯父と一緒に晩ご飯を食べました。

和伯伯一起吃了晚飯。

おしい【惜しい】（形）遺憾；可惜的；珍惜

✏ 普段の実力に反して、惜しくも試合に負けた。

不同於以往該有的實力，很可惜地輸掉了比賽。

丁寧形 惜しいです	ない形 惜しくない	た形 惜しかった

おじいさん【お祖父さん】（名）祖父；外公；（對一般老年男子的稱呼）爺爺；老爺爺，老爹

✏ お祖父さんは、元気ですか。

爺爺好嗎？

おしいれ【押し入れ】（名）壁櫥。

✏ その本は、押し入れにしまっておいてください。

請將那本書收進壁櫥裡。

おしえる【教える】（他下一）指導，教導；教訓；指教，告訴

✏ どなたが田中さんですか。教えてください。

哪位是田中先生？請告訴我。

ます形 教えます	ない形 教えない	た形 教えた

おじぎ【お辞儀】（名・自サ）行禮，敬禮；客氣

✍ 目上の人にお辞儀をしなかったばかりに、母にしかられた。

因為我沒跟長輩行禮，被媽媽罵了一頓。

ます形 お辞儀します	ない形 お辞儀しない	た形 お辞儀した

おじさん【伯父・叔父さん】（名）伯父，叔叔，舅舅，姑丈，姨丈；大叔，大爺

✍ 伯父さんは元気ですか。

伯父好嗎？

おじょうさん【お嬢さん】（名）您女兒；小姐；千金小姐

✍ お嬢さんは、とても女らしいですね。

您女兒非常淑女呢！

おす【押す】（他五）推，擠；壓，按；冒著，不顧

✍ 押したり引いたりする。

或推或拉。

ます形 押します	ない形 押さない	た形 押した

おそい【遅い】（形）（速度上）慢，遲緩；（時間上）遲，晚；趕不上，來不及

✍ もっと飲みたいですが、もう時間が遅いです。

我想多喝一點，但是時間已經很晚了。

丁寧形 遅いです	ない形 遅くない	た形 遅かった

おそれる【恐れる】（自下一）害怕，恐懼；擔心

✍ 私は挑戦したい気持ちがある半面、失敗を恐れている。

在我想挑戰的同時，心裡也害怕會失敗。

ます形 恐れます	ない形 恐れない	た形 恐れた

おそろしい【恐ろしい】（形）可怕；驚人，非常

✍ そんな恐ろしい目で見ないでください。

不要用那種駭人的眼神看我。

丁寧形 恐ろしいです	ない形 恐ろしくない	た形 恐ろしかった

おだいじに【お大事に】（寒喧）珍重，保重

✍ 頭痛がするのですか。どうぞお大事に。

頭痛嗎？請多保重。

おたく【お宅】（名）您府上，貴宅
✑ うちの息子より、お宅の息子さんのほうがまじめです。
　你家兒子比我家兒子認真。

おちゃ【お茶】（名）茶，茶葉；茶道；茶會
✑ お茶やコーヒーを飲みました。
　喝了茶和咖啡。

おちる【落ちる】（自上一）掉落；脱落；降低
✑ 何か、机から落ちましたよ。
　有東西從桌上掉下來了喔！

ます形 落ちます	ない形 落ちない	た形 落ちた

おっしゃる（他五）說，講，叫
✑ なにかおっしゃいましたか。
　您說什麼呢？

ます形 おっしゃいます	ない形 おっしゃらない	た形 おっしゃった

おてあらい【お手洗い】（名）廁所，洗手間　　🎧T13
✑ お手洗いは、どちらにありますか。
　廁所在哪裡？

おと【音】（名）音，聲音
✑ あれは、自動車の音かもしれない。
　那可能是汽車的聲音。

おとうさん【お父さん】（名）（「ちち」的敬稱）爸爸，父親；您父親，令尊
✑ お父さんとお母さんは、お元気ですか。
　父母親都好嗎？

おとうと【弟】（名）弟弟；年齡小，經歷淺
✑ 私は、弟がほしいです。
　我想要個弟弟。

おとこ【男】（名）男性，男子，男人；（泛指動物）雄性

その男の人は、学生です。

那個男子是學生。

おとこのこ【男の子】（名）男孩子；兒子；年輕小伙子

男の子か女の子か知りません。

不知道是男孩還是女孩。

おとす【落とす】（他五）使掉下；丟失；弄掉

落としたら割れますから、気をつけて。

掉下就破了，小心點！

ます形 落とします	ない形 落とさない	た形 落とした

おととい【一昨日】（名）前天

一昨日、誰と会いましたか。

前天跟誰見了面？

おととし【一昨年】（名）前年

一昨年、ここに来ました。

前年來過這裡。

おとな【大人】（名）大人，成人；（兒童等）聽話，乖巧；老成

子どもから大人まで、たくさんの人が来ました。

來了很多人，從小孩到大人都有。

おとなしい【大人しい】（形）老實，溫順；（顏色等）樸素，雅致

彼女は大人しい反面、内面はとてもしっかりしています。

她個性溫順的另一面，其實內心非常有自己的想法。

丁寧形 大人しいです	ない形 大人しくない	た形 大人しかった

おどり【踊り】（名）舞蹈

沖縄の踊りを見たことがありますか。

你看過沖繩舞蹈嗎？

おどる【踊る】（自五）跳舞

☞ 私はタンゴが踊れます。

我會跳探戈。

ます形 踊ります	ない形 踊らない	た形 踊った

おどろく【驚く】（自五）吃驚，驚奇

☞ 彼にはいつも、驚かされる。

我總是被他嚇到。

ます形 驚きます	ない形 驚かない	た形 驚いた

おなか【お腹】（名）肚子，腸胃

☞ 会社に行くとき、いつもおなかが痛くなります。

到公司時，肚子總是會痛。

おなじ【同じ】（形動）相同的，一樣的，同等的；同一個

☞ それは私のと同じだわ。

那個跟我的一樣。

丁寧形 同じです	ない形 同じではない	た形 同じだった

おにいさん【お兄さん】（名）哥哥（「あに」的鄭重說法）

☞ 鈴木さんのお兄さんは、英語がわかります。

鈴木先生的哥哥懂英語。

おねえさん【お姉さん】（名）姊姊（「あね」的鄭重說法）

☞ お姉さんは、いつ結婚しましたか。

令姊什麼時候結婚的？

おば【伯母・叔母】（名）姨媽，姑媽，伯母，舅媽

☞ 叔母の家へ行きます。

到姨媽家去。

おばあさん【お祖母さん】（名）祖母；外祖母（對一般老年婦女的稱呼）；奶奶，姥姥

☞ お祖母さんといつ会いますか。

什麼時候跟奶奶見面？

おばさん【伯母さん・叔母さん】（名）姨媽，姑媽，伯母

☞ 叔母(おば)さんは、ここへは、いつ来ましたか。
　姨媽什麼時候來過這裡？

おはよう（寒暄）（早晨見面時）早安，您早

☞ おはよう。今日(きょう)はどこかへ行(い)きますか。
　早安。今天要上那兒去嗎？

おべんとう【お弁当】（名）便當

☞ お弁当(べんとう)は、いくついりますか。
　要幾個便當？

おぼえる【覚える】（他下一）記住，記得：學會，掌握：感到，覺得

☞ 平仮名(ひらがな)は覚(おぼ)えましたが、片仮名(かたかな)はまだです。
　平假名已經記住了，但是片假名還沒。

ます形 覚えます	ない形 覚えない	た形 覚えた

おまたせしました【お待たせしました】（寒暄）讓您久等了

☞ お待(ま)たせしました。どうぞお坐(すわ)りください。
　讓您久等了，請坐。

おまつり【お祭り】（名）慶典，祭典

☞ お祭(まつ)りの日(ひ)が、近(ちか)づいてきた。
　慶典快到了。

おみまい【お見舞い】（名）探望

☞ 田中(たなか)さんが、お見舞(みま)いに花(はな)をくださった。
　田中小姐帶花來探望我。

おみやげ【お土産】（名）當地名產：禮物

☞ みんなにお土産(みやげ)を買(か)ってこようと思(おも)います。
　我想買點當地名產給大家。

お T14

お

おめでとうございます（寒喧）恭喜

✍ おめでとうございます。賞品は、カメラとテレビとどちらのほうがいいですか。

恭喜您！獎品有照相機跟電視，您要哪一種？

おもい【重い】（形）（份量）重；（心情）沈重，不開朗；（情況）嚴重

✍ 重い荷物を持ちました。

提了很重的行李。

丁寧形 重いです	ない形 重くない	た形 重かった

おもいだす【思い出す】（他五）想起來，回想

✍ 明日は休みだということを思い出した。

我想起明天是放假。

ます形 思い出します	ない形 思い出さない	た形 思い出した

おもいで【思い出】（名）回憶，追憶，追懷；紀念

✍ 旅の思い出に写真を撮る。

旅行拍照留念。

おもう【思う】（自五）覺得，感覺

✍ 悪かったと思うなら、謝りなさい。

如果覺得自己不對，就去賠不是。

ます形 思います	ない形 思わない	た形 思った

おもしろい【面白い】（形）好玩，有趣；愉快；新奇，別有風趣

✍ 映画は、あまり面白くなかったです。

電影不太有趣。

丁寧形 面白いです	ない形 面白くない	た形 面白かった

おもちゃ【玩具】（名）玩具

✍ 孫のために、玩具を買っておきました。

為孫子買了玩具。

おもて【表】（名）表面；正面

✍ 紙の表に、名前と住所を書きなさい。

在紙的正面，寫下姓名與地址。

お

おもに【主に】（副）主要，重要：（轉）大部分，多半

❧ 大学では主に物理を学んだ。
だいがく　　　　おも　ぶつり　　　まな

在大學主修了物理。

おや【親】（名）父母，雙親：先祖：母體

❧ 親は私を医者にしたがっています。
おや　わたし　いしゃ

父母希望我當醫生。

およぐ【泳ぐ】（自五）（人、魚等在水中）游泳：穿過，度過

❧ 1日泳いで、とても疲れました。
にちおよ　　　　　　　つか

游了一整天，感到非常疲倦。

ます形 泳ぎます	ない形 泳がない	た形 泳いだ

およそ【凡そ】（名・副）大概：（一句話之開頭）凡是：大約：完全

❧ 田中さんを中心にして、およそ50人のグループを作った。
た　なか　　　　ちゅうしん　　　　　　　　　　　　　　　　　つく

以田中小姐為中心，組成了大約50人的團體。

おりる【降りる】（自上一）（從高處）下來，降落：（從車等）下來：（雪等）落下

❧ バスを降ります。
お

從巴士上下來。

ます形 降ります	ない形 降りない	た形 降りた

おりる【下りる】（自上一）下來：下車：退位

❧ この階段は下りやすい。
かいだん　　お

這個階梯很好下。

ます形 下ります	ない形 下りない	た形 下りた

おる【居る】（自五）在，存在

❧ 明日はうちに居りますので、どうぞ来てください。
あした　　　　　お　　　　　　　　　　　　　　き

明天我在家，請過來坐坐。

ます形 居ります	ない形 居らない	た形 居った

おれい【お礼】（名）謝辭，謝禮

❧ お礼を言わせてください。
れい　い

請讓我表示一下謝意。

お

おれる【折れる】（自下一）折彎；折斷

📎 台風で、枝が折れるかもしれない。

　樹枝或許會被颱風吹斷。

ます形 **折れます**　　　ない形 **折れない**　　　た形 **折れた**

おろす【下ろす・降ろす】（他五）（從高處）拿下，降下，弄下；砍下

📎 車から荷を降ろす。

　從車上卸下行李。

ます形 **下ろします**　　　ない形 **下ろさない**　　　た形 **下ろした**

おわり【終わり】（名）結束，最後

📎 小説は、終わりの書きかたが難しい。

　小說的結尾很難寫。

おんがく【音楽】（名）音樂

📎 私は、音楽が好きです。

　我喜歡音樂。

おんせん【温泉】（名）溫泉

📎 このあたりは、名所旧跡ばかりでなく、温泉もあります。

　這地帶不僅有名勝古蹟，也有溫泉。

おんな【女】（名）女人，女性，婦女；女人的容貌，姿色

📎 私は、女とはけんかしません。

　我不跟女人吵架。

おんなのこ【女の子】（名）女孩子；少女

📎 その女の子は、いくつですか。

　那個女孩子幾歲？

🔘 T15

[**か** カ]

※動詞「た形」變化跟「て形」一樣。如：買う→買った、買って

か【家】（接尾）…家
🖋 この問題は、専門家でも難しいでしょう。
這個問題，連專家也會被難倒吧！

カーテン【curtain】（名）窗簾
🖋 カーテンをしめなくてもいいでしょう。
不拉上窗簾也沒關係吧！

かい【会】（名・接尾）會，會議；…會
🖋 展覧会は、終わってしまいました。
展覽會結束了。

かい・がい【回】（名・接尾）…回，次數
🖋 1週間に1回、泳ぎます。
一個星期游一次泳。

かい・がい【階】（接尾）（樓房的）…樓，層
🖋 靴下は、何階にありますか。
襪子賣場在幾樓？

がい【外】（接尾・漢造）…外；以外，之外；外側，外面；除外
🖋 そんなやり方は、問題外です。
那樣的作法，根本就是搞不清楚狀況。

かいがん【海岸】（名）海岸
🖋 風のために、海岸は危険になっています。
因為風大，海岸很危險。

かいぎ【会議】（名）會議
🖋 会議はもう終わったの。
會議已經結束了嗎？

がいこう【外交】（名）外交：對外事務，外勤人員

✎ 外交上は、両国の関係は非常に良好である。

從外交上來看，兩國的關係相當良好。

がいこく【外国】（名）外國，外洋

✎ 外国からも、たくさんの人が来ました。

從國外也來了很多人。

がいこくじん【外国人】（名）外國人

✎ マイケルさんは外国人ですが、日本語が上手です。

麥克先生雖是外國人，但是日語講得很好。

かいしゃ【会社】（名）公司：商社

✎ 9時に会社へ行きます。

9點去公司。

かいしゃく【解釈】（名・他サ）解釋，理解，說明

✎ この法律は、解釈上、二つの問題がある。

這條法律，在解釋上有兩個問題點。

ます形 解釈します	ない形 解釈しない	た形 解釈した

がいしゅつ【外出】（名・自サ）出門，外出

✎ 外出したついでに、銀行と美容院に行った。

外出時，順便去了銀行和美容院。

ます形 外出します	ない形 外出しない	た形 外出した

かいじょう【会場】（名）會場

✎ 私も会場に入ることができますか。

我也可以進入會場嗎？

かいだん【階段】（名）樓梯，階梯，台階：順序前進的等級，級別

✎ 階段を上ったり下りたりする。

上上下下爬樓梯。

かいもの【買い物】（名）購物，買東西；要買的東西；買到的東西

☞ デパートに買い物に行く。

到百貨公司購物。

かいわ【会話】（名）會話

☞ 会話の練習をしても、なかなか上手になりません。

即使練習會話，也始終不見進步。

かう【飼う】（他五）飼養（動物等）

☞ うちではダックスフントを飼っています。

我家裡有養臘腸犬。

ます形 飼います	ない形 飼わない	た形 飼った

かう【買う】（他五）購買；招致，惹起；器重，讚揚

☞ あなたは、これがいくらなら買いますか。

這東西多少錢你才肯買？

ます形 買います	ない形 買わない	た形 買った

かえす【返す】（他五）還，歸還，退還；送回（原處）；退掉（商品）

☞ 図書館に本を返してから、帰ります。

把書還回圖書館後再回家。

ます形 返します	ない形 返さない	た形 返した

かえす【帰す】（他五）讓…回去，打發回家

☞ もう遅いから、女性を一人で家に帰すわけにはいかない。

已經太晚了，不能就這樣讓女性單獨一人回家。

ます形 帰します	ない形 帰さない	た形 帰した

かえって【却って】（副）反倒，相反地，反而

☞ 私が手伝うと、却って邪魔になるみたいです。

看來我反而越幫越忙的樣子。

かえり【帰り】（名）回家途中；回來，回去

☞ 私は時々、帰りにおじの家に行くことがある。

我有時回家途中會去伯父家。

かえる【帰る】（自五）回來，回去；回歸；歸還，恢復

✎ あなたがたは、もう家に帰るのですか。

你們已經要回家了嗎？

ます形 帰ります　　　　　　ない形 帰らない　　　　　た形 帰った

かえる【変える】（他下一）改變；變更

✎ がんばれば、人生を変えることもできるのだ。

只要努力，人生也可以改變的。

ます形 変えます　　　　　　ない形 変えない　　　　　た形 変えた

かえる【返る】（自五）復原；返回；回應

✎ 友達に貸したお金が、なかなか返ってこない。

借給朋友的錢，遲遲沒能拿回來。

ます形 返ります　　　　　　ない形 返らない　　　　　た形 返った

かお【顔】（名）臉，面孔；表情，神色；面子，顏面　　

✎ 顔を洗ってから、新聞を読みます。

先洗完臉後再看報紙。

かがく【科学】（名）科學

✎ 科学が進歩して、いろいろなことができるようになりました。

科學進步了，很多事情都可以做了。

かがく【化学】（名）化學

✎ 化学を専攻しただけのことはあって、薬品には詳しいね。

不虧是曾主修化學的人，對藥品真是熟悉呢。

かがみ【鏡】（名）鏡子

✎ 鏡なら、そこにあります。

如果要鏡子，就在那裡。

かかり【係り】（名）負責某工作的人；關聯，牽聯

✎ 係りの人が忙しいところを、呼び止めて質問した。

我叫住正在忙的相關職員，找他問了些問題。

か

かかる【掛かる】 （自五）懸掛，掛上；覆蓋；陷入，落在…；遭遇

✎ なぜ壁に、この絵がかかっていますか。

為什麼牆上掛了這幅畫？

ます形 掛かります	ない形 掛からない	た形 掛かった

かぎ【鍵】 （名）鑰匙，鎖頭；關鍵

✎ ドアに鍵をかけましたか。

門上鎖了嗎？

かぎる【限る】 （自他五）限定，限制；限於；以…為限；不限，不一定

✎ この仕事は、二十歳以上の人に限ります。

這份工作只限定20歲以上的成人才能做。

ます形 限ります	ない形 限らない	た形 限った

かく【書く】 （他五）寫，書寫；作（畫）；寫作（文章等）

✎ 片仮名か平仮名で書く。

用片假名或平假名來書寫。

ます形 書きます	ない形 書かない	た形 書いた

かく【掻く】 （他五）（用手或爪）搔，撥；拔，推；攪拌，攪和

✎ 失敗して恥ずかしくて、頭を掻いていた。

因失敗感到不好意思，而搔起頭來

ます形 掻きます	ない形 掻かない	た形 掻いた

かぐ【家具】 （名）家具

✎ 家具といえば、やはり丈夫なものが便利だと思います。

說到家具，我認為還是耐用的東西比較方便。

かくじつ【確実】 （形動）確實，準確；可靠

✎ もう少し待ちましょう。彼が来るのは確実だもの。

再等一下吧！因為他會來是千真萬確的事。

丁寧形 確実です	ない形 確実ではない	た形 確実だった

かくす【隠す】 （他五）藏起來，隱瞞，掩蓋

✎ 事件のあと、彼は姿を隠してしまった。

案件發生後，他就躲了起來。

ます形 隠します	ない形 隠さない	た形 隠した

がくせい【学生】（名）學生（主要指大專院校的學生）

✐ 学生は、 3人しかいません。

學生只有三位。

がくぶ【学部】（接尾）…科系；…院系

✐ 彼は医学部に入りたがっています。

他想進醫學院。

がくもん【学問】（名）學業，學問；科學，學術；見識，知識

✐ 学問による分析が、必要です。

用學術來分析是必要的。

かくれる【隠れる】（自下一）躲藏，隱藏；隱遁；不為人知，潛在的

✐ 警察から隠れられるものなら、隠れてみろよ。

你要是能躲過警察的話，你就躲看看啊！

ます形 隠れます　　　　　　　ない形 隠れない　　　　　　た形 隠れた

かげ【影】（名）影子；倒影；蹤影，形跡

✐ 二人の影が、仲良く並んでいる。

兩人的形影，肩並肩要好的並排著。

かげ【陰】（名）日陰，背影處；背面；背地裡，暗中

✐ 木の陰で、おべんとうを食べた。

在樹蔭下吃了便當。

かげつ【ヶ月】（接尾）…個月

✐ 2ヶ月に1回、遊びに行きます。

兩個月去玩一次。

かける【掛ける】（他下一）掛在（牆壁）；戴上（眼鏡），蒙上；繫上，捆上

✐ 眼鏡をかけないと新聞が読めない。

不戴上眼鏡就沒辦法看報紙。。

ます形 掛けます　　　　　　　ない形 掛けない　　　　　　た形 掛けた

かける【掛ける】（他下一）吊掛

 ここにコートをお掛けください。

請把外套掛在這裡。

ます形 掛けます	ない形 掛けない	た形 掛けた

かける【欠ける】（自下一）缺損；缺少

 メンバーが一人欠けたままだ。

成員一直缺少一個人。

ます形 欠けます	ない形 欠けない	た形 欠けた

かける（自下一）奔跑，快跑

 うちから駅までかけたので、疲れてしまった。

從家裡跑到車站，所以累壞了。

ます形 かけます	ない形 かけない	た形 かけた

かこ【過去】（名）過去，往昔；（佛）前生，前世

 過去のことを言うかわりに、未来のことを考えましょう。

與其述說過去的事，不如大家來想想未來的計畫吧！

かこむ【囲む】（他五）圍繞，包圍；下圍棋；圍攻

 先生を囲んで話しているところへ、田中さんがやってきた。

當我們正圍著老師講話時，田中小姐就來到了。

ます形 囲みます	ない形 囲まない	た形 囲んだ

かさ【傘】（名）傘

 傘かコートを貸してください。

請借我傘或外套。

かさなる【重なる】（自五）重疊；（事情）趕在一起

 いろいろな仕事が重なって、休むどころではありません。

同時有許多工作，哪能休息。

ます形 重なります	ない形 重ならない	た形 重なった

かさねる【重ねる】（他下一）重疊堆放；再加上，蓋上；反覆，屢次 **T17**

 本がたくさん重ねてある。

書堆了一大疊。

ます形 重ねます	ない形 重ねない	た形 重ねた

かざる【飾る】（他五）擺飾，裝飾

花をそこにそう飾るときれいですね。

花像那樣擺在那裡，就很漂亮了。

ます形 飾ります	ない形 飾らない	た形 飾った

かし【菓子】（名）點心，糕點，糖果

お菓子が焼けたのをきっかけに、お茶の時間にした。

趁著點心剛烤好，就當作是喝茶的時間。

かじ【火事】（名）火災

空が真っ赤になって、まるで火事が起こったようだ。

天空一片紅，宛如火災一般。

かしこい【賢い】（形）聰明的，周到，賢明的

その子がどんなに賢いとしても、この問題は解けないだろう。

即使那孩子再怎麼聰明，也沒辦法解開這難題吧！

丁寧形 賢いです	ない形 賢くない	た形 賢かった

かしこまりました（寒暄）知道，了解（「わかる」的謙讓語）

かしこまりました。少々お待ちください。

知道了，您請稍候。

かす【貸す】（他五）借出，借給；出租；幫助，提供（智慧與力量）

傘を貸してください。

請借我傘。

ます形 貸します	ない形 貸さない	た形 貸した

かぜ【風】（名）風；風氣，風尚；樣子，態度

風はどちらに吹いていますか。

風往哪裡吹？

かぜ【風邪】（名）感冒，傷風

風邪をひいて、学校を休みました。

感冒了，所以向學校請假。

かぞえる【数える】（他下一）數，計算；列舉，枚舉
🖎 10から1まで逆に数える。
從10倒數到1。

ます形 数えます	ない形 数えない	た形 数えた

かぞく【家族】（名）家人，家庭，親屬
🖎 どちらが、あなたの家族ですか。
哪一位是你的家人？

ガソリン【gasoline】（名）汽油
🖎 ガソリンを入れなくてもいいんですか。
不加油沒關係嗎？

ガソリンスタンド【gasoline＋stand（日製）】（名）加油站
🖎 あっちにガソリンスタンドがありそうです。
那裡好像有加油站。

かた【方】（名・接尾）位，人（「人」的敬稱）
🖎 新しい先生は、あそこにいる方らしい。
新來的老師，好像是那邊的那位。

かたい【固い・堅い・硬い】（形）硬的，堅固的；堅決的；生硬的；頑固的
🖎 父は、真面目というより頭が固いんです。
父親與其說是認真，還不如說是死腦筋。

丁寧形 固いです	ない形 固くない	た形 固かった

かたかな【片仮名】（名）片假名
🖎 片仮名は、わかりません。
我不懂片假名。

かたち【形】（名）形狀；形
🖎 どんな形の部屋にするか、考えているところです。
我正在想要把房間弄成什麼樣子。

かたづける【片付ける】（他下一）收拾，打掃；解決

☞ 教室を片付けようとしていたら、先生が来た。

正打算整理教室的時候，老師來了。

ます形 片付けます　　　　　ない形 片付けない　　　　た形 片付けた

かたむく【傾く】（自五）傾斜；有…的傾向；（日月）偏西；衰弱，衰微

☞ あのビルは、少し傾いているね。

那棟大廈，有點偏一邊呢！

ます形 傾きます　　　　　ない形 傾かない　　　　た形 傾いた

かち【価値】（名）價值

☞ あのドラマは見る価値がある。

那齣連續劇有一看的價值。

かつ【勝つ】（自五）贏，勝利；克服

☞ 試合に勝ったら、100万円やろう。

如果比賽贏了，就給你100萬日圓。

ます形 勝ちます　　　　　ない形 勝たない　　　　た形 勝った

がつ【月】（接尾）月

☞ 一月一日、ふるさとに帰ることにした。

我決定一月一日回鄉下。

がっかり（副・自サ）失望，灰心喪氣；筋疲力盡

☞ 何も言わないことからして、すごくがっかりしているみたいだ。

從他不發一語的樣子看來，應該是相當地氣餒。

ます形 がっかりします　　　　　ない形 がっかりしない　　　　た形 がっかりした

かっこう（名）外表，裝扮

☞ そのかっこうで出かけるの。

你要穿那樣出去嗎？

がっこう【学校】（名）學校；（有時指）上課

☞ 風邪で学校に行きませんでした。

因為感冒，所以沒去學校。

かつどう【活動】（名・自サ）活動，行動

一緒に活動するにつれて、みんな仲良くなりました。

隨著共同參與活動，大家都變成好朋友了。

ます形 活動します	ない形 活動しない	た形 活動した

かてい【家庭】（名）家庭，家 ◎T18

最近の子どもの問題に関しては、家庭も家庭なら、学校も学校だ。

關於最近小孩的問題，我認為家庭有家庭的不是，學校也有學校的缺失。

かど【角】（名）角；（道路的）拐角，角落；稜角，不圓滑

机の角を丸くしてください。

請將桌角弄圓。

かない【家内】（名）家内；家屬，全家；（我的）妻子，內人

そのコートは、家内のではありません。

那件外套不是我妻子的。

かなしい【悲しい】（形）悲傷，悲哀

失敗してしまって、悲しいです。

失敗了，很是傷心。

丁寧形 悲しいです	ない形 悲しくない	た形 悲しかった

かなしむ【悲しむ】（他五）感到悲傷，痛心，可歎

それを聞いたら、お母さんがどんなに悲しむことか。

如果媽媽聽到這話，會多麼傷心呀！

ます形 悲しみます	ない形 悲しまない	た形 悲しんだ

かならず【必ず】（副）一定，務必，必須

この仕事を10時までに必ずやっておいてね。

十點以前一定要完成這個工作。

かなり（副・形動・名）相當，頗

先生は、かなり疲れていらっしゃいますね。

老師您看來相當地疲憊呢！

かね【金】（名）金屬；錢，金錢

事業を始めるというと、まず金が問題になる。

說到創業，首先金錢就是個問題。

かのう【可能】（名・形動）可能

お金を貯めるどころか、大もうけも可能ですよ。

別說是存錢了，也有可能大撈一筆呢。

丁寧形 可能です	ない形 可能ではない	た形 可能だった

かのじょ【彼女】（名）她；女朋友

彼女はビールを5本も飲んだ。

她竟然喝了五瓶啤酒。

かばん【鞄】（名）皮包，提包，公事包，書包

これは、私の鞄です。

這是我的手提包。

かびん【花瓶】（名）花瓶

あの花瓶はどこで買いましたか。

那個花瓶是在哪裡買的？

かぶる【被る】（他五）戴（帽子等）；（從頭上）蓋（被子）；套（衣服）

どうして帽子を被るのですか。

為什麼戴著帽子？

ます形 被ります	ない形 被らない	た形 被った

かべ【壁】（名）牆壁；障礙

子どもたちに、壁に絵をかかないように言った。

已經告訴小孩不要在牆上塗鴉。

かまう（自他五）在意，理會；逗弄

あんな男にはかまうな。

不要理會那種男人。

ます形 かまいます	ない形 かまわない	た形 かまった

がまん【我慢】（名・他サ）忍耐，克制，將就，原諒；（佛）饒恕

✍ いらないと言った上は、ほしくても我慢します。

既然都講不要了，就算想要我也會忍耐。

ます形 我慢します　　　　　ない形 我慢しない　　　　　た形 我慢した

かみ【紙】（名）紙

✍ 丈夫で薄い紙を使います。

我要用既堅固又平薄的紙張。

かみ【髪】（名）頭髪

✍ 髪を短く切るつもりだったがやめた。

原本想把頭髪剪短，但作罷了。

かみ【神】（名）神，神明，上帝，造物主；（死者的）靈魂

✍ 世界平和を、神に祈りました。

我向神祈禱世界和平。

かみなり【雷】（名）雷；雷神；大發雷霆的人

✍ 雷が鳴っているなと思ったら、やはり雨が降ってきました。

才剛打雷，這會兒果然下起雨來了。

かむ（他五）咬

✍ 犬にかまれました

被狗咬了。

ます形 かみます　　　　　ない形 かまない　　　　　た形 かんだ

カメラ【camera】（名）照相機；攝影機

✍ カメラと一緒に、フィルムも買いました。

相機和底片都一起買了。

かゆい【痒い】（形）癢的

✍ なんだか体中痒いです。

不知道為什麼，全身發癢。

丁寧形 痒いです　　　　　ない形 痒くない　　　　　た形 痒かった

かよう【通う】（自五）來往，往來

🖋 学校に通うことができて、まるで夢を見ているようだ。

能夠上學，簡直像作夢一樣。

ます形 通います	ない形 通わない	た形 通った

かようび【火曜日】（名）星期二

🖋 金曜日から火曜日まで、うちにいません。

星期五到星期二這段期間不在家。

から【空】（名）空的；空，假，虛

🖋 通帳はもとより、財布の中もまったく空です。

別說是存摺，就連錢包裡也空空如也。

からい【辛い】（形）辣，辛辣；嚴格，嚴酷；艱難

🖋 甘いものは好きですが、辛いものは嫌いです。

喜歡甜食，但是不喜歡辛辣的食物。

丁寧形 辛いです	ない形 辛くない	た形 辛かった

ガラス【硝子】（名）玻璃

🖋 ガラスは、プラスチックより弱いです。

玻璃比塑膠容易破。

からだ【体】（名）身體；體格；體質

🖋 体が丈夫になった。

身體變結實了。

かりる【借りる】（他上一）借（進來）；借助；租用，租借

🖋 図書館でも借りました。

也有向圖書館借過了。

ます形 借ります	ない形 借りない	た形 借りた

かるい【軽い】（形）輕的，輕巧的；（程度）輕微的；輕鬆，快活

🖋 こっちの荷物の方が軽いです。

這個行李比較輕。

丁寧形 軽いです	ない形 軽くない	た形 軽かった

かれ【彼】（名）他

✍ 彼がそんな人だとは、思いませんでした。

沒想到他是那種人。

かれら【彼ら】（名）他們 T19

✍ 彼らは本当に男らしい。

他們真是男子漢。

かれる【枯れる】（自下一）枯萎，乾枯；老練，造詣精深；（身材）枯瘦

✍ 庭の木が枯れてしまった。

庭院的樹木枯了。

ます形 枯れます	ない形 枯れない	た形 枯れた

カレンダー【calendar】（名）日暦；全年記事表

✍ カレンダーがほしいです。

我想要日暦。

かわ【川】（名）河川，河流

✍ 川で泳ぎました。

在河裡游泳。

かわ【皮】（名）皮，表皮；皮革

✍ りんごの皮をむいているところを、後ろから押されて指を切ってしまった。

我在削蘋果皮時，有人從後面推我一把，害我割到了手指。

がわ【側】（接尾）…邊，…側；…方面，立場；周圍，旁邊

✍ こちら側に来てください。

請到這邊來。

かわいい【可愛い】（形）可愛，討人喜愛；小巧玲瓏；寶貴

✍ 可愛いバッグをください。

請給我可愛的包包。

丁寧形 可愛いです	ない形 可愛くない	た形 可愛かった

かわいそう【可哀相・可哀想】（形動）可憐

☞ お母さんが病気になって、子どもたちがかわいそうでならない。

母親生了病，孩子們真是可憐得叫人鼻酸！

丁寧形 可哀想です	ない形 可哀想ではない	た形 可哀想だった

かわかす【乾かす】（他五）曬乾；晾乾；烤乾

☞ 洗濯物を乾かしているところへ、犬が飛び込んできた。

當我正在曬衣服的時候，小狗突然跑了進來。

ます形 乾かします	ない形 乾かさない	た形 乾かした

かわく【乾く】（自五）乾；口渇

☞ 洗濯物が、そんなに早く乾くはずがありません。

洗好的衣物，不可能那麼快就乾。

ます形 乾きます	ない形 乾かない	た形 乾いた

かわりに【代わりに】（副）代替，替代；交換

☞ 父の代わりに、その仕事をやらせてください。

請讓我代替父親做那份工作。

かわる【変わる】（自五）變化，改變

☞ 彼は、考えが変わったようだ。

他的想法好像變了。

ます形 変わります	ない形 変わらない	た形 変わった

かんがえ【考え】（名）思想，想法，意見；念頭，觀念；考慮；期待；決心

☞ その件について自分の考えを説明した。

我說明了自己對那件事的看法。

かんがえる【考える】（他下一）思考；考慮

☞ その問題は、彼に考えさせます。

我讓他想那個問題。

ます形 考えます	ない形 考えない	た形 考えた

かんけい【関係】（名）關係；影響

☞ みんな、二人の関係を知りたがっています。

大家都很想知道他們兩人的關係。

か

かんげい【歓迎】（名・他サ）歡迎

故郷に帰った際には、とても歓迎された。

回到家鄉時，受到熱烈的歡迎。

ます形 歓迎します	ない形 歓迎しない	た形 歓迎した

かんごふ【看護婦】（名）護士

私はもう30年も看護婦をしています。

我當護士已長達30年了。

かんじ【漢字】（名）漢字

ジョンさんは、漢字がわかります。

約翰先生會漢字。

かんじ【感じ】（名）知覺，感覺；印象

彼女は女優というより、モデルという感じですね。

與其說她是女演員，倒不如說她更像個模特兒。

かんしゃ【感謝】（名・自他サ）感謝。

本当は感謝しているくせに、ありがとうも言わない。

明明就很感謝，卻連句道謝的話也沒有。

ます形 感謝します	ない形 感謝しない	た形 感謝した

かんじょう【勘定】（名・他サ）計算；算帳；（會計上的）帳目，戶頭，結帳

そろそろお勘定をしましょうか。

差不多該結帳了吧！

ます形 勘定します	ない形 勘定しない	た形 勘定した

かんじる・ずる【感じる・ずる】（自他上一）感覺，感到；感動，感觸

とても面白い映画だと感じた。

我覺得這部電影很有趣。

ます形 感じます	ない形 感じない	た形 感じた

かんしん【感心】（名・形動・自サ）欽佩；贊成；（貶）令人吃驚

彼はよく働くので、感心させられる。

他很努力工作，真是令人欽佩。

ます形 感心します	ない形 感心しない	た形 感心した

かんせい【完成】（名・自他サ）完成

ビルの完成にあたって、パーティーを開こうと思う。

在這大廈竣工之際，我想開個派對。

| ます形 完成します | ない形 完成しない | た形 完成した |

かんぜん【完全】（名・形動）完全，完整；完美，圓滿

病気が完全に治ってからでなければ、退院しません。

在病情完全痊癒之前，我是不會出院的。

| 丁寧形 完全です | ない形 完全ではない | た形 完全だった |

かんそう【感想】（名）感想

全員、明日までに研修の感想を書くように。

你們全部人，在明天以前要寫出研究的感想。

かんたん【簡単】（名・形動）簡單

簡単な問題なので、自分でできます。

因為問題很簡單，我自己可以處理。

| 丁寧形 簡単です | ない形 簡単ではない | た形 簡単だった |

がんばる（自五）努力，加油；堅持

父に、合格するまでがんばれと言われた。

父親跟我說要加油努力直到考上為止。

| ます形 がんばります | ない形 がんばらない | た形 がんばった |

かんばん【看板】（名）招牌；牌子，幌子；（店舖）關門，停止營業時間

看板の字を書いてもらえますか。

可以麻煩您替我寫下招牌上的字嗎？

［ きキ ］

※動詞「た形」變化跟「て形」一樣。如：買う→買った、買って

き【木】（名）樹，樹木；木材，木料；木柴

木の上に鳥がいます。

樹上有鳥。

き【気】 （名）氣氛；心思

✐ たぶん気がつくだろう。

應該會發現吧！

きいろい【黄色い】 （形）黄色，黄色的

✐ 木の葉は、いつ黄色くなりますか。

樹葉什麼時候會變黃？

丁寧形 黄色いです	ない形 黄色くない	た形 黄色かった

きえる【消える】 （自下一）（燈、火等）熄滅；（雪等）融化；消失，隱沒

✐ 山の上の雪は、いつ消えますか。

山上的雪什麼時候會融化？

ます形 消えます	ない形 消えない	た形 消えた

きおく【記憶】 （名・他サ）記憶，記憶力；記性

✐ 最近、記憶が混乱ぎみだ。

最近有記憶錯亂的現象。

ます形 記憶します	ない形 記憶しない	た形 記憶した

きかい【機会】 （名）機會

✐ 彼女に会えるいい機会だったのに、残念でしたね。

難得有這麼好的機會去見她，卻這樣真是可惜。

きかい【機械】 （名）機械

✐ 機械のような音がしますね。

有像機械轉動的聲音耶。

きかい【器械】 （名）機械，機器

✐ 彼は、器械体操部で活躍している。

他活躍於健身社中。

きかん【期間】 （名）期間，期限內

✐ 夏休みの期間、塾の教師として働きます。

暑假期間，我以補習班老師的身份在工作。

きく【聞く】（他五）聽：聽說，聽到；聽從；應允，答應

本を読んだり、音楽を聞いたりしています。

我會看看書，聽聽音樂。

| ます形 聞きます | ない形 聞かない | た形 聞いた |

きけん【危険】（名・形動）危險

彼は危険なところに行こうとしている。

他打算要去危險的地方。

| 丁寧形 危険です | ない形 危険ではない | た形 危険だった |

きげん【機嫌】（名）心情，情緒

彼の機嫌が悪いとしたら、きっと奥さんと喧嘩したんでしょう。

如果他心情不好，就一定是因為和太太吵架了。

きこう【気候】（名）氣候，天氣

最近気候が不順なので、風邪ぎみです。

最近由於氣候不佳，有點要感冒的樣子。

きこえる【聞こえる】（自下一）聽得見

電車の音が聞こえてきました。

聽到電車的聲音了。

| ます形 聞こえます | ない形 聞こえない | た形 聞こえた |

きし【岸】（名）岸，岸邊；崖

向こうの岸まで泳いでいくよりほかない。

就只有游到對岸這個方法可行了。

きしゃ【汽車】（名）火車

あれは、青森に行く汽車らしい。

那好像是開往青森的火車。

ぎじゅつ【技術】（名）技術

ますます技術が発展していくでしょう。

技術會愈來愈進步吧！

き

きず【傷】（名）傷口，創傷；缺陷，瑕疵

薬のおかげで、傷はすぐ治りました。

多虧了藥物，傷口馬上就痊癒了。

きせつ【季節】（名）季節

今の季節は、とても過ごしやすい。

現在這季節很舒服。

きせる【着せる】（他下一）給穿上（衣服）；鍍上；嫁禍，加罪

着物を着せてあげましょう。

我來幫你把和服穿上吧！

ます形 着せます　　　　　　　　ない形 着せない　　　　　　た形 着せた

きそ【基礎】（名）基石，基礎，根基；地基

英語の基礎は勉強したが、すぐにしゃべれるわけではない。

雖然有學過基礎英語，但也不可能馬上就能開口說。

きそく【規則】（名）規則，規定

規則を守りなさい。

你要遵守規定。

きた【北】（名）北，北方，北邊；北風

どちらが北ですか。

哪一邊是北邊？

ギター【guitar】（名）吉他

ギターの練習に行きます。

去練吉他。

きたない【汚い】（形）骯髒；（道義上的）卑劣，不正經；（看上去）亂七八糟

よく洗いましたが、まだ汚いです。

雖然仔細洗過，但還是很髒。

丁寧形 汚いです　　　　　　　　ない形 汚くない　　　　　　た形 汚かった

き

きちんと（副）整齊，乾乾淨淨；恰好；準時；好好地，牢牢地

☞ きちんと勉強していたわりには、点が悪かった。

雖然努力用功了，但分數卻不理想。

きっさてん【喫茶店】（名）咖啡店

☞ 喫茶店で、田中さんと会いました。

在咖啡廳跟田中先生見了面。

きって【切手】（名）郵票；禮券

☞ 切手は、どこに貼りますか。

郵票要貼在哪裡？

きっと（副）一定，務必

☞ きっと彼が行くことになるでしょう。

他一定會去吧！

きっぷ【切符】（名）票，車票　　　　◎T21

☞ 電車に乗る前に、切符を買います。

搭電車前先買車票。

きぬ【絹】（名）絲

☞ 彼女の誕生日に、絹のスカーフをあげました。

女朋友生日，我送了絲質的絲巾給她。

きねん【記念】（名・他サ）紀念

☞ 記念として、この本をあげましょう。

送你這本書做紀念吧！

ます形 記念します　　　ない形 記念しない　　　た形 記念した

きのう【昨日】（名）昨天；近來，最近；過去，既往

☞ 昨日、友達とけんかしました。

昨天跟朋友吵了架。

きのどく【気の毒】（名・形動）可悲；可惜，遺憾

お気の毒ですが、今回はあきらめていただくしかありませんね。

雖然很遺憾，但這次也只好先請您放棄了。

丁寧形 気の毒です	ない形 気の毒ではない	た形 気の毒だった

きびしい【厳しい】（形）嚴格；嚴重

新しい先生は、厳しいかもしれない。

新老師也許會很嚴格。

丁寧形 厳しいです	ない形 厳しくない	た形 厳しかった

きぶん【気分】（名）情緒；身體狀況；氣氛

気分が悪くても、会社を休みません。

即使身體不舒服，也不請假。

きぼう【希望】（名・他サ）希望，期望，願望

あなたが応援してくれたおかげで、希望を持つことができました。

因為你的加油打氣，我才能懷抱希望。

ます形 希望します	ない形 希望しない	た形 希望した

きまる【決まる】（自五）決定，規定

先生が来るかどうか、まだ決まっていません。

還不知道老師是否要來。

ます形 決まります	ない形 決まらない	た形 決まった

きみ【君】（名）你

君は、将来何をしたいの。

你將來想做什麼？

ぎむ【義務】（名）義務

我々には、権利もあれば、義務もある。

我們既有權利，也有義務。

きめる【決める】（他下一）決定，規定；斷定

予定をこう決めました。

行程就這樣決定了。

ます形 決めます	ない形 決めない	た形 決めた

き

きもち【気持ち】（名）心情；（身體）狀態
☞ 暗_{くら}い気持_{きも}ちのまま帰_{かえ}ってきた。

心情鬱悶地回來了。

きもの【着物】（名）衣服；和服
☞ 着物_{きもの}とドレスと、どちらのほうが素敵_{すてき}ですか。

和服與洋裝，哪一件比較漂亮？

ぎもん【疑問】（名）疑問，疑惑
☞ 私_{わたし}からすれば、あなたのやり方_{かた}には疑問_{ぎもん}があります。

就我看來，我對你的做法感到有些疑惑。

きゃく【客】（名）客人；顧客
☞ 客_{きゃく}がたくさん入_{はい}るだろう。

會有很多客人進來吧！

ぎゃく【逆】（名・漢造）反，相反，倒；叛逆
☞ 今度_{こんど}は、逆_{ぎゃく}に私_{わたし}から質問_{しつもん}します。

這次，反過來由我來發問。

きゅう・く【九】（名）（數）九，九個
☞ 午後_{ごご}9時_じごろ、友達_{ともだち}と飲_のみに行_いきました。

晚上九點左右，和朋友一起去喝了兩杯。

きゅうこう【急行】（名）急行；快車
☞ 急行_{きゅうこう}に乗_のったので、早_{はや}く着_ついた。

因為搭乘快車，所以提早到了。

きゅうに【急に】（副）忽然，突然，急忙。
☞ 車_{くるま}は、急_{きゅう}に止_とまることができない。

車子沒辦法突然停下來。

き

73

ぎゅうにく【牛肉】（名）牛肉

✎ その牛肉は100グラムいくらですか。

那個牛肉100公克多少錢？

ぎゅうにゅう【牛乳】（名）牛奶

✎ 牛乳だけ飲みました。

只喝了牛奶。

きょう【今日】（名）今天

✎ 昨日は暑かったです。今日もあついです。

昨天很熱，今天也很熱。

きょういく【教育】（名）教育

✎ 学校教育について、研究しているところだ。

正在研究學校教育。

きょうかい【教会】（名）教會

✎ 明日、教会でコンサートがあるかもしれない。

明天教會也許有音樂會。

きょうし【教師】（名）教師，老師。

✎ 教師の立場から見ると、あの子はとてもいい生徒です。

從老師的角度來看，那孩子真是個好學生。

きょうしつ【教室】（名）教室：研究室

✎ いっしょに教室へ行きました。

一起去教室。

きょうそう【競争】（名・自サ）競爭，比賽

✎ 一緒に勉強して、お互いに競争するようにした。

一起唸書，相互競爭來激勵彼此。

ます形 競争します　　　ない形 競争しない　　　た形 競争した

きょうだい【兄弟】（名）兄弟姉妹；親如兄弟的人，拜把兄弟

✒ それでは、由美さんとは兄弟ですか。

那麼，你和由美小姐是姊妹嗎？

きょうみ【興味】（名）興趣，興致

✒ 興味があれば、お教えします。

如果有興趣，我可以教您。

きょうよう【教養】（名）教育，教養，修養；（專業以外的）知識學問

✒ 彼は教養があって、いろいろなことを知っている。

他很有學問，知道各式各樣的事情。

きょうりょく【協力】（名・自サ）協力，合作，共同努力，配合

✒ 友達が協力してくれたおかげで、彼女とデートができた。

由於朋友們從中幫忙撮合，所以才有辦法約她出來。

ます形 協力します	ない形 協力しない	た形 協力した

きょか【許可】（名・他サ）許可，批准

✒ 理由があるなら、外出を許可しないこともない。

如果有理由的話，並不是說不能讓你外出。

ます形 許可します	ない形 許可しない	た形 許可した

きょねん【去年】（名）去年

✒ 2002年から去年まで、大学で勉強しました。

從2002年起到去年為止，都在大學念書。

きょり【距離】（名）距離，間隔，差距

✒ 距離は遠いといっても、車で行けばすぐです。

雖說距離遠，但開車馬上就到了。

きらい【嫌い】（形動）嫌惡，不喜歡；有…之嫌

✒ 肉も野菜も嫌いです。

我既不愛吃肉，也不愛吃蔬菜。

丁寧形 嫌いです	ない形 嫌いではない	た形 嫌いだった

きらう【嫌う】（他五）嫌惡，厭惡；憎惡；區別

✐ 彼を嫌ってはいるものの、口をきかないわけにはいかない。

雖說我討厭他，但也不能完全不跟他說話。

ます形 嫌います	ない形 嫌わない	た形 嫌った

きり【霧】（名）霧，霧氣；噴霧

✐ 山の中は、霧が深いにきまっています。

山裡一定籠罩著濃霧。

きる【切る】（他五）切，剪，裁剪；切傷

✐ 紙を小さく切ってください。

請將紙剪小一點。

ます形 切ります	ない形 切らない	た形 切った

きる【着る】（他上一）（穿）衣服；承受，承擔

✐ スーツを着て、出かけます。

穿上套裝後出門。

ます形 着ます	ない形 着ない	た形 着た

きれ【布】（名）衣料，布頭，碎布

✐ きれいなきれを買ってきて、バッグを作った。

我買漂亮的布料來作皮包。

きれい（形動）漂亮，好看；整潔，乾淨；乾脆

✐ あの目のきれいな方はどなたですか。

那個有著漂亮的雙眼的人是誰？

丁寧形 きれいです	ない形 きれいではない	た形 きれいだった

きれる【切れる】（自下一）斷開；中斷；用完，賣完；磨破；斷絕關係

✐ このはさみは、あまり切れませんね。

這把剪刀不大利耶！

ます形 切れます	ない形 切れない	た形 切れた

きろく【記録】（名・他サ）記錄，記載，（體育比賽的）紀錄

✐ 記録からして、大した選手じゃないのはわかっていた。

就紀錄來看，可知道他並不是很厲害的選手。

ます形 記録します	ない形 記録しない	た形 記録した

き

キログラム 【kilogram】 （名）千克，公斤
🖋 肉を何キログラム ほしいですか。
要幾公斤的肉？

キロメートル 【（法）kilometre】 （名）一千公尺，一公里
🖋 燃費がいい車なので、１Ｌのガソリンで30キロメートル走行できる。
這是省油的車款，一公升的石油可以跑30公里。

ぎん 【銀】 （名）銀，白銀；銀色
🖋 銀の食器を買おうと思います。
我打算買銀製的餐具。

ぎんこう 【銀行】 （名）銀行
🖋 そこが駅で、あそこが 銀行です。
那邊是車站，那邊是銀行。

きんし 【禁止】 （名・他サ）禁止
🖋 病室では、喫煙のみならず、携帯電話の使用も禁止されている。
病房內不止抽煙，就連使用手機也是被禁止的。

ます形 禁止します	ない形 禁止しない	た形 禁止した

きんじょ 【近所】 （名）附近，近處，近鄰
🖋 近所の人が、りんごをくれました。
鄰居送了我蘋果。

きんぞく 【金属】 （名）金屬，五金
🖋 これはプラスチックではなく、金属製です。
這不是塑膠，它是用金屬製成的。

きんにく 【筋肉】 （名）肌肉
🖋 筋肉を鍛えるとすれば、まず運動をしなければなりません。
如果要鍛鍊肌肉，首先就得多運動才行。

きんようび【金曜日】（名）星期五
- 金曜日と土曜日は忙しいです。
  星期五和星期六都很忙。

※動詞「た形」變化跟「て形」一樣。如：買う→買った、買って

ぐあい【具合】（名）（健康等）情況；狀況；方法
- もう具合はよくなられましたか。
  您身體好些了嗎？

くうき【空気】（名）空氣；氣氛
- その町は、空気がきれいですか。
  那個小鎮空氣好嗎？

くうこう【空港】（名）機場
- 空港まで、送ってさしあげた。
  送他到機場。

くさ【草】（名）草
- 草を取って、歩きやすいようにした。
  把草拔掉，以方便走路。

くさい【臭い】（形・接尾）難聞，臭；可疑；表示有某種味道
- ごみ捨て場が臭い。
  垃圾場很臭。

丁寧形 臭いです	ない形 臭くない	た形 臭かった

くさる【腐る】（自五）腐臭，腐爛；金屬鏽，爛；墮落，腐敗
- 金魚鉢の水が腐る。
  金魚魚缸的水臭了。

ます形 腐ります	ない形 腐らない	た形 腐った

くしん【苦心】（名・自サ）苦心，費心
10年にわたる苦心の末、新製品が完成した。
長達10年嘔心瀝血的努力，終於完成了新產品。

ます形 苦心します　　　　ない形 苦心しない　　　　た形 苦心した

くすり【薬】（名）藥，藥品；彩釉；火藥；好處，益處
薬は、1回いくつ飲まなければなりませんか。
藥一次要吃多少才行？

くずれる【崩れる】（自下一）崩潰；散去；粉碎
雨が降り続けたので、山が崩れた。
因持續下大雨而山崩了。

ます形 崩れます　　　　ない形 崩れない　　　　た形 崩れた

くせ【癖】（名）癖好，脾氣，習慣；（衣服的）摺線；頭髮亂翹
まず、朝寝坊の癖を直すことですね。
首先，你要做的是把你的早上賴床的習慣改掉。

ください【下さい】（敬）（表請求對方作）請給（我）；請
これとそれをください。
請給我這個和那個。

くださる（他五）給，給予
先生が、今本をくださったところです。
老師剛把書給我。

ます形 くださいます　　　　ない形 くださらない　　　　た形 くださった

くだもの【果物】（名）水果，鮮果
なにか果物をください。
請給我一些水果。

くだり【下り】（名）下降的；下行列車
下りの列車に乗って帰ります。
我搭南下的火車回家。

くだる【下る】（自五）下降，下去；下野，脫離公職；由中央到地方；下達

✎ <ruby>船<rt>ふね</rt></ruby>で<ruby>川<rt>かわ</rt></ruby>を<ruby>下<rt>くだ</rt></ruby>る。

搭船順河而下。

ます形 下ります	ない形 下らない	た形 下った

くち【口】（名）口，嘴巴；說話，語言；傳聞，話柄；出入口

✎ あなたは<ruby>口<rt>くち</rt></ruby>を<ruby>出<rt>だ</rt></ruby>さないでください。

請別插嘴。

くちびる【唇】（名）嘴唇

✎ <ruby>冬<rt>ふゆ</rt></ruby>になると、<ruby>唇<rt>くちびる</rt></ruby>が<ruby>乾燥<rt>かんそう</rt></ruby>する。

一到冬天嘴唇就會乾燥。

くつ【靴】（名）鞋子

✎ きれいな<ruby>靴<rt>くつ</rt></ruby>ですね。

好漂亮的鞋子啊！

くつした【靴下】（名）襪子

✎ <ruby>靴下<rt>くつした</rt></ruby>やハンカチなどを<ruby>洗濯<rt>せんたく</rt></ruby>しました。

洗了襪子和手帕。

くに【国】（名）國家；國土；故鄉

✎ サッカーで<ruby>有名<rt>ゆうめい</rt></ruby>な<ruby>国<rt>くに</rt></ruby>は、ブラジルです。

以足球而聞名的國家是巴西。

くび【首】（名）頸部

✎ どうしてか、<ruby>首<rt>くび</rt></ruby>がちょっと<ruby>痛<rt>いた</rt></ruby>いです。

不知道為什麼，脖子有點痛。

くふう【工夫】（名・自サ）設法

✎ <ruby>工夫<rt>くふう</rt></ruby>しないことには、<ruby>問題<rt>もんだい</rt></ruby>を<ruby>解決<rt>かいけつ</rt></ruby>できない。

如不下點功夫，就沒辦法解決問題。

ます形 工夫します	ない形 工夫しない	た形 工夫した

くべつ【区別】（名・他サ）區別，分清
T24

🖊 夢と現実の区別がつかなくなった。
我已分辨不出幻想與現實的區別了。

ます形 区別します　　ない形 区別しない　　た形 区別した

くみ【組】（名）套，組，隊；班，班級；（黑道）幫
🖊 どちらの組に入りますか。
你要編到哪一組？

くも【雲】（名）雲
🖊 白い煙がたくさん出て、雲のようだ。
冒出了很多白煙，像雲一般。

くもる【曇る】（自五）陰天；模糊不清，朦朧；（因為憂愁）表情、心情黯淡
🖊 空が曇ります。
天是陰的。

ます形 曇ります　　ない形 曇らない　　た形 曇った

くらい【暗い】（形）（光線）暗，黑暗；（顏色）發暗；陰沈，不愉快
🖊 暗いから、電気をつけませんか。
因為太暗了，要不要開電燈？

丁寧形 暗いです　　ない形 暗くない　　た形 暗かった

くらい・ぐらい【位】（副助）大概，左右（數量或程度上的推測），上下；（表比較）像…那樣
🖊 今日の気温は、30度ぐらいです。
今天的氣溫約是三十度左右。

クラス【class】（名）階級，等級；（學校的）班級
🖊 このクラスは、大変賑やかです。
這一班很熱鬧。

くらす【暮らす】（自他五）生活，度日
🖊 親子3人で楽しく暮らしています。
親子三人過著快樂的生活。

ます形 暮らします　　ない形 暮らさない　　た形 暮らした

くらべる【比べる】（他下一）比較

☞ 妹と比べると、姉の方がやっぱり美人だ。

跟妹妹比起來，姊姊果然是美女。

ます形 比べます	ない形 比べない	た形 比べた

グラム【（法）gramme】（名）（公制重量單位）公克

☞ 三つで200グラムです。

三個共200公克。

くりかえす【繰り返す】（他五）反覆，重覆

☞ 失敗は繰り返すまいと、心に誓った。

我心中發誓，絶不再犯同樣的錯。

ます形 繰り返します	ない形 繰り返さない	た形 繰り返した

くる【来る】（自サ）（空間、時間上）來；由來，引起；出現，（思想上）產生

☞ 日本語を勉強しに来ました。

我前來學日語。

ます形 きます	ない形 こない	た形 きた

くるしむ【苦しむ】（自五）感到痛苦，感到難受

☞ 彼は若い頃、病気で長い間苦しんだ。

他年輕時因生病而長年受苦。

ます形 苦しみます	ない形 苦しまない	た形 苦しんだ

くるま【車】（名）車子，汽車；車輪，輪

☞ 東京は、車が多いです。

東京的車子很多。

くれる（他下一）給；給我

☞ そのお金を私にくれ。

那筆錢給我。

ます形 くれます	ない形 くれない	た形 くれた

くれる【暮れる】（自下一）日暮；年終

☞ 日が暮れたのに、子どもたちはまだ遊んでいる。

天都黑了，孩子們卻還在玩。

ます形 暮れます	ない形 暮れない	た形 暮れた

くろい【黒い】（形）黒（色），褐色：骯髒：黑暗：邪惡，不吉利
☞ 黒いシャツを2枚ください。

請給我兩件黑襯衫。

丁寧形 黒いです	ない形 黒くない	た形 黒かった

くわえる【加える】（他下一）加，加上
☞ 出汁に醤油と砂糖を加えます。

在湯汁裡加上醬油跟砂糖。

ます形 加えます	ない形 加えない	た形 加えた

くわしい【詳しい】（形）詳細：精通，熟悉
☞ 彼は事情を詳しく知っている人です。

他是知道詳情的人。

丁寧形 詳しいです	ない形 詳しくない	た形 詳しかった

くん【君】（接尾）君
☞ 田中君でも、誘おうかと思います。

我在想是不是也邀請田中君。

［ け ヶ ］

T25

※動詞「た形」變化跟「て形」一樣。如：買う→買った、買って

げ【下】（名）下等：（書籍的）下卷
☞ 女性を殴るなんて、下の下というものだ。

竟然毆打女性，簡直比低級還更低級。

けいかく【計画】（名）計劃
☞ 私の計画をご説明いたしましょう。

我來說明一下我的計劃。

けいかん【警官】（名）警察：巡警
☞ 警官は、事故について話すように言いました。

警察要我描述事故的發生經過。

83

けいき【景気】（名）（事物的）活動狀態，活潑，精力旺盛；（經濟的）景気

✐ 景気がよくなるにつれて、人々のやる気も出てきている。

伴隨著景氣的回復，人們的幹勁也上來了。

けいけん【経験】（名）經驗

✐ 経験がないまま、この仕事をしている。

我在沒有經驗的情況下，從事這份工作。

けいこう【傾向】（名）（事物的）傾向，趨勢

✐ 若者は、厳しい仕事を避ける傾向がある。

最近的年輕人，有避免從事辛苦工作的傾向。

けいざい【経済】（名）經濟

✐ 日本の経済について、ちょっとお聞きします。

有關日本經濟，想請教你一下。

けいさつ【警察】（名）警察；警察局

✐ 警察に連絡することにしました。

決定向警察報案。

けいさん【計算】（名・他サ）計算，演算；估計，算計，考慮

✐ 商売をしているだけあって、計算が速い。

不愧是做買賣的，計算得真快。

ます形 計算します	ない形 計算しない	た形 計算した

けいしき【形式】（名）形式，樣式；方式

✐ 上司が形式にこだわっているところに、新しい考えを提案した。

在上司拘泥於形式時，我提出了新方案。

げいじゅつ【芸術】（名）藝術

✐ 芸術もわからないくせに、偉そうなことを言うな。

明明就不懂藝術，別在那裡說得跟真的一樣。

けが（名・自サ）受傷

✎ たくさんの人がけがをしたようだ。

好像很多人受傷了。

ます形 けがします　　ない形 けがしない　　た形 けがした

げき【劇】（名）劇，戲劇；（接尾）引人注意的事件

✎ その劇は、市役所において行われます。

那齣戲在市公所上演。

けさ【今朝】（名）今天早上

✎ 今朝来なかったのは、どうしてですか。

今天早上為什麼沒來？

けしき【景色】（名）景色，風景

✎ どこか、景色のいいところへ行きたい。

想去風景好的地方。

げしゅく【下宿】（名・自サ）寄宿，住宿

✎ 下宿の探し方がわかりません。

不知道如何尋找住的公寓。

ます形 下宿します　　ない形 下宿しない　　た形 下宿した

けしょう【化粧】（名・自サ）化妝，打扮；修飾，裝飾，裝潢

✎ 彼女はトイレで化粧している。

她在廁所化妝。

ます形 化粧します　　ない形 化粧しない　　た形 化粧した

けす【消す】（他五）熄掉，撲滅；關掉，弄滅；消失，抹去

✎ 電気を消してから、うちを出ます。

先關掉電燈後再出門。

ます形 消します　　ない形 消さない　　た形 消した

けずる【削る】（他五）削，刨，刮；刪減，削去，削減

✎ 木の皮を削り取る。

刨去樹皮。

ます形 削ります　　ない形 削らない　　た形 削った

85

げた【下駄】（名）木屐

✍ げたをはいて、外出した。

穿木屐出門去。

けっか【結果】（名・自他サ）結果，結局

✍ 結果から見ると、今回の会議はなかなか成功でした。

就結果來看，這次的會議辦得挺成功的。

| ます形 結果します | ない形 結果しない | た形 結果した |

けっきょく【結局】（名・副）結果，結局；最後，最終，終究

✍ 結局、最後はどうなったんですか。

結果，事情最後究竟演變成怎樣了？

けっこう【結構】（形動）很好，漂亮；可以，足夠；（表示否定）不用，不要

✍ 結構なものをありがとうございます。

謝謝你送我這麼好的東西。

| 丁寧形 結構です | ない形 結構ではない | た形 結構だった |

けっこん【結婚】（名・自サ）結婚

✍ 田中さんとは、結婚しません。

我不跟田中先生結婚。

| ます形 結婚します | ない形 結婚しない | た形 結婚した |

けっして【決して】（副）絕對

✍ このことは、決してだれにも言わない。

這件事我絕不跟任何人說。

けっしん【決心】（名・自他サ）決心，決意

✍ 絶対タバコは吸うまいと、決心した。

我下定決心不再抽煙。

| ます形 決心します | ない形 決心しない | た形 決心した |

けっせき【欠席】（名・自サ）缺席

✍ 病気のため学校を欠席する。

因生病而沒去學校。

| ます形 欠席します | ない形 欠席しない | た形 欠席した |

けってい【決定】（名・自他サ）決定，確定

いろいろ考えたあげく、留学することに決定しました。

再三考慮後，最後決定出國留學。

ます形 決定します　　　　　ない形 決定しない　　　　　た形 決定した

けってん【欠点】（名）缺點，欠缺，毛病

彼は、欠点はあるにせよ、人柄はとてもいい。

就算他有缺點，但人品是很好的。

げつようび【月曜日】（名）星期一

来週の月曜日や火曜日は暇です。

下星期一和星期二有空。

けむり【煙】（名）煙

喫茶店は、煙草の煙でいっぱいだった。

咖啡廳裡，瀰漫著香菸的煙。

ける【蹴る】（他五）踢；沖破（浪等）；拒絕，駁回

ボールを蹴ったら、隣のうちに入ってしまった。

球一踢就飛到隔壁的屋裡去了。

ます形 蹴ります　　　　　ない形 蹴らない　　　　　た形 蹴った

けれど・けれども（接助）但是

夏の暑さは厳しいけれど、冬は過ごしやすいです。

那裡夏天的酷熱非常難受，但冬天很舒服。

けん【軒】（接尾）…間，…家

村には、薬屋が３軒もあるのだ。

村裡竟有3家藥局。

けん【県】（名）（日本地方行政區域）縣

隣の県から引っ越してきた。

我是從隔壁縣搬來的。

げんいん【原因】（名）原因

✐ 原因（げんいん）は、小（ちい）さなことでございました。
原因是一件小事。

けんか（名・自サ）爭吵，打架

✐ だれでも、けんかしたくはないですよ。
沒有人想吵架。

ます形 けんかします　　　　ない形 けんかしない　　　　た形 けんかした

げんかん【玄関】（名）（建築物的）正門，前門，玄關

✐ 嫌（いや）な人（ひと）が、玄関（げんかん）に来（き）ています。
惹人厭的人來到了玄關。

げんき【元気】（形動）精神，朝氣；身體結實；（萬物生長的）元氣

✐ お父（とう）さんは元気（げんき）です。お母（かあ）さんも元気（げんき）です。
父親精神很好，母親也不錯。

丁寧形 元気です　　　　ない形 元気ではない　　　　た形 元気だった

けんきゅう【研究】（名・他サ）研究

✐ 何（なに）を研究（けんきゅう）されていますか。
您在做什麼研究？

ます形 研究します　　　　ない形 研究しない　　　　た形 研究した

けんきゅうしつ【研究室】（名）研究室

✐ 研究室（けんきゅうしつ）にだれかいるようです。
研究室裡好像有人。

げんきん【現金】（名）（手頭的）現款，現金；（經濟的）現款，現金

✐ 今（いま）もっている現金（げんきん）は、これきりです。
現在手邊的現金，就只剩這些了。

げんご【言語】（名）言語

✐ インドの言語状況（げんごじょうきょう）について研究（けんきゅう）している。
我正在針對印度的語言生態進行研究。

けんこう【健康】（形動）健康的，健全的

✍ 煙草をたくさん吸っていたわりに、健康です。

雖然抽煙抽得兇，但身體卻很健康。

| 丁寧形 健康です | ない形 健康ではない | た形 健康だった |

けんさ【検査】（名・他サ）檢查，檢驗

✍ 病気かどうかは、検査をした上でなければわからない。

是不是生病，不經過檢查是無法斷定的。

| ます形 検査します | ない形 検査しない | た形 検査した |

げんざい【現在】（名）現在，目前，此時

✍ 現在は、保険会社で働いています。

我現在在保險公司上班。

けんせつ【建設】（名・他サ）建設

✍ ビルの建設が進むにつれて、その形が明らかになってきた。

隨著大廈建設的進行，它的雛形就慢慢出來了。

| ます形 建設します | ない形 建設しない | た形 建設した |

げんだい【現代】（名）當代；（歷史）現代（日本史上指二次世界大戰後）

✍ この方法は、現代ではあまり使われません。

那個方法現代已經不常使用了。

けんちく【建築】（名・他サ）建築，建造

✍ ヨーロッパの建築について、研究しています。

我在研究有關歐洲的建築物。

| ます形 建築します | ない形 建築しない | た形 建築した |

けんぶつ【見物】（名・他サ）觀光，參觀

✍ 祭りを見物させてください。

請讓我參觀祭典。

| ます形 見物します | ない形 見物しない | た形 見物した |

けんり【権利】（名）權利

✍ 勉強することは、義務というより権利だと私は思います。

唸書這件事，與其說是義務，我認為它更是一種權利。

け

［こ］

※動詞「た形」變化跟「て形」一樣。如：買う→買った、買って

こ【個】（接尾）…個

りんごを何個買いますか。

要買幾個蘋果？

こ【子】（名）孩子

うちの子は、まだ5歳なのにピアノがじょうずです。

我家小孩才5歲，卻很會彈琴。

ご【五】（名）（數）五

その映画は、5回ぐらい見ました。

那部電影看了五次左右。

ご【語】（接尾）…語

彼は、上手な英語を話します。

他說一口很流利的英文。

ご【御】（接頭）可形成尊敬語、謙讓語、美化語

ご近所にあいさつをしなくてもいいですか。

不跟鄰居打聲招呼好嗎？

こい【濃い】（形）色或味濃深：濃稠

濃い化粧をする。

化著濃妝。

丁寧形 濃いです	ない形 濃くない	た形 濃かった

こう（副）這樣，這麼

そうしてもいいが、こうすることもできる。

雖然那樣也可以，但這樣做也可以。

こうえん【公園】（名）公園

あの公園はきれいで大きいです。

那座公園既漂亮又寬廣。

こうえん【講演】（名・自サ）演說，講演

誰に講演を頼むか、私には決めかねる。

我無法決定要拜託誰來演講。

ます形 講演します	ない形 講演しない	た形 講演した

こうか【効果】（名）效果，成效，成績；（劇）效果

努力にもかかわらず、ぜんぜん効果が上がらない。

雖然努力了，效果還是完全未見提升。

こうがい【郊外】（名）郊外

郊外は住みやすいですね。

郊外住起來真舒服呢。

こうぎ【講義】（名）上課

大学の先生に、法律について講義をしていただきました。

請大學老師幫我上法律。

こうぎょう【工業】（名）工業

工業と商業と、どちらのほうが盛んですか。

工業與商業，哪一種比較興盛？

こうくう【航空】（名）航空；「航空公司」的簡稱

航空会社に勤めたい。

我想到航空公司上班。

こうこう・こうとうがっこう【高校・高等学校】（名）高中

高校の時の先生が、アドバイスをしてくれた。

高中時代的老師給了我建議。

こうこうせい【高校生】（名）高中生

✎ 高校生の息子に、英語の辞書をやった。

我送了英文辭典給就讀高中的兒子。

こうこく【広告】（名・他サ）廣告；廣告宣傳

✎ 広告を出すとすれば、たくさんお金が必要になります。

如果要拍廣告，就需要龐大的資金。

| ます形 広告します | ない形 広告しない | た形 広告した |

こうさい【交際】（名・自サ）交際，交往，應酬

✎ 私が交際したかぎりでは、みんなとても親切な方たちでした。

就我和他們相處的感覺，大家都是很友善的人。

| ます形 交際します | ない形 交際しない | た形 交際した |

こうじ【工事】（名・自サ）工程，工事

✎ 工事の騒音をめぐって、近所から抗議されました。

工廠因為施工所產生的噪音，而受到附近居民的抗議。

| ます形 工事します | ない形 工事しない | た形 工事した |

こうじょう【工場】（名）工廠

✎ 工場で働かせてください。

請讓我在工廠工作。

こうちょう【校長】（名）校長

✎ 校長が、これから話をするところです。

校長正要開始說話。

こうつう【交通】（名）交通

✎ 東京は、交通が便利です。

東京交通便利。

こうてい【校庭】（名）學校的庭園，操場

✎ 珍しいことに、校庭で誰も遊んでいない。

稀奇的是，沒有一個人在操場上。

こうどう【講堂】（名）禮堂

✍ みんなが講堂に集まりました。

大家在禮堂集合了。

こうどう【行動】（名・自サ）行動，行為

✍ いつもの行動からして、父は今頃飲み屋にいるでしょう。

就以往的行動模式來看，爸爸現在應該是在小酒店吧！

ます形 行動します	ない形 行動しない	た形 行動した

こうば【工場】（名）工廠，作坊

✍ ３年間にわたって、町の工場で働いた。

長達三年的時間，都在鎮上的工廠工作。

こうばん【交番】（名）派出所；交替，輪換

✍ 交番に、誰がいますか。

有誰在派出所？

こうへい【公平】（名・形動）公平，公道

✍ 法のもとに、公平な裁判を受ける。

法律之前，人人接受平等的審判。

丁寧形 公平です	ない形 公平ではない	た形 公平だった

こうむいん【公務員】（名）公務員

✍ 公務員になるのは、難しいようです。

要當公務員好像很難。

こえ【声】（名）（人或動物的）聲音，語音，嗓音；（物體震動發出的）聲響

✍ 大きな声で歌いましょう。

大聲唱歌吧！

コート【coat】（名）外套，大衣；（西裝的）上衣

✍ コートを買いました。

買了外套。

ごかい【誤解】（名・他サ）誤解，誤會

🖎 誤解を招くことなく、状況を説明しなければならない。

為了不引起誤會，要先說明一下狀況才行。

ます形 誤解します　　　　　ない形 誤解しない　　　　　た形 誤解した

こきゅう【呼吸】（名・自他サ）呼吸，吐納；（合作時）步調，拍子

🖎 緊張すればするほど、呼吸が速くなった。

越是緊張，呼吸就越是急促。

ます形 呼吸します　　　　　ない形 呼吸しない　　　　　た形 呼吸した

こく【国】（漢造）國：政府；國際，國有，國家等的簡稱

🖎 日本から台湾への国際電話の掛けかたを教えてください。

請教我怎麼從日本打國際電話到台灣。

こくさい【国際】（名）國際

🖎 彼女はきっと国際的な仕事をするだろう。

她一定會從事國際性的工作吧！

こくみん【国民】（名）國民

🖎 物価の上昇につれて、国民の生活は苦しくなりました。

隨著物價的上揚，國民的生活越來越困苦。

ここ（代）這裡；（表程度、場面、事體）此，如今

🖎 ここで車を降ります。

在這裡下車。

ごご【午後】（名）下午，午後，後半天

🖎 午後仕事をします。

下午工作。

ここのか【九日】（名）九號，九日；九天

🖎 九日は日曜日です。

九號是星期日。

ここのつ【九つ】（名）九個；九歳

  九つか十かは、どちらでもいい。

    九個或十個都可以。

こころ【心】（名）内心；心地；想法；心情

  彼の心の優しさに、感動しました。

    他善良的心地，叫人很感動。

こしかける【腰掛ける】（自下一）坐下

  ソファーに腰掛けて話をしましょう。

    讓我們坐沙發上聊天吧！

ます形 腰掛けます	ない形 腰掛けない	た形 腰掛けた

ごしゅじん【ご主人】（名）（稱呼對方的）您的先生，您的丈夫

  ジョンさんの奥さんや、花子さんのご主人が来ました。

    約翰先生的太太和花子小姐的先生來了。

こ

こしょう【故障】（名・自サ）故障，毛病

  私のコンピュータは、故障しやすい。

    我的電腦老是故障。

ます形 故障します	ない形 故障しない	た形 故障した

こする【擦る】（他五）擦，揉，搓；摩擦

  汚れは、布で擦れば落ちます。

    這污漬用布擦就會掉了。

ます形 擦ります	ない形 擦らない	た形 擦った

ごぜん【午前】（名）上午，午前

  午前10時に、先生と会います。

    上午10點和老師碰面。

ごぞんじ【ご存知】（名）您知道（尊敬語）

  ご存知のことをお教えください。

    請告訴我您所知道的事。

こたえ【答え】（名）回答，答覆；答案

✎ テストの答えは、ああ書いておきました。

考試的答案，都已經寫在那裡了。

こたえる【答える】（自下一）回答，答覆，解答

✎ 質問に答えてくださいませんか。

能不能請您回答問題？

ます形 答えます	ない形 答えない	た形 答えた

ごちそう（名）請客；豐盛佳餚

✎ ごちそうがなくてもいいです。

沒有豐盛的佳餚也無所謂。

こちら（代）這邊，這裡，這方面；這位；我，我們

✎ こちらからも、手紙を書きました。

我這邊也寫了信。

こづかい【小遣い】（名）零用錢

✎ ちゃんと勉強したら、お小遣いをあげないこともないわよ。

只要你好好讀書，也不是不給你零用錢的。

こっち（名）這裡，這邊

✎ こっちに、なにか面白い鳥がいます。

這裡有一隻有趣的鳥。

コップ【（荷）kop】（名）杯子，玻璃杯，茶杯

✎ コップで、水を飲む。

用杯子喝水。

こと（名）事情；事件；說的話

✎ おかしいことを言ったのに、だれも面白がらない。

說了滑稽的事，卻沒人覺得有趣。

こと【事】（名）事情；事務；與…有關之事

✐ 課長も課長なら、部長も部長で、このことにだれも責任を持たない。

　不管是課長還是部長，都也真是的，誰都不願意承擔這件事的責任。

ことし【今年】（名）今年

✐ あなたは、今年いくつですか。

　你今年幾歲？

ことば【言葉】（名）語言，詞語；說法，措辭

✐ 彼の話す言葉は、英語です。

　他講的語言是英語。

こども【子ども】（名）兒女；小孩，孩子，兒童

✐ 子供と一緒に歌を歌う。

　跟小朋友一起唱歌。

ことり【小鳥】（名）小鳥

✐ 小鳥には、何をやったらいいですか。

　餵什麼給小鳥吃好呢？

こな【粉】（名）粉，粉末，麵粉

✐ この粉は、小麦粉ですか。

　這粉是太白粉嗎？

この（連體）這…，這個…

✐ 私は、この人たちをだれも知りません。

　這些人我沒有一個認識的。

このあいだ（副）前幾天，前些時候

✐ このあいだ買ったのは、おいしくなかった。

　前幾天買的不好吃。

このごろ（副）最近

✐ このごろ、考えさせられることが多いです。

　最近讓人省思的事有很多。

ごはん【ご飯】（名）米飯；飯食，餐

✐ 1日に3回、ご飯を食べる。

　一天吃三頓飯。

こまかい【細かい】（形）細小；詳細；無微不至

✐ 細かいことは言わずに、適当にやりましょう。

　別鑽牛角尖，看情況做吧！

丁寧形 細かいです	ない形 細かくない	た形 細かかった

こまる【困る】（自五）感到傷腦筋，困擾；苦惱；沒有辦法

✐ お金がなくて、困りました。

　沒錢感到非常困擾。

ます形 困ります	ない形 困らない	た形 困った

ごみ（名）垃圾

✐ 道にごみを捨てるな。

　別把垃圾丟在路邊。

こむ【込む】（自五・接尾）擁擠；深入；完全；費事

✐ 朝の電車は、込んでいるらしい。

　早上的電車好像很擠。

ます形 込みます	ない形 込まない	た形 込んだ

こめ【米】（名）米

✐ 台所に米があるかどうか、見てきてください。

　你去看廚房裡是不是還有米。

ごらん【ご覧】（名）（敬）看，觀覽；（親切的）請看；（接動詞連用形）試試看

✐ 窓から見える景色がきれいだからご覧なさい。

　從窗戶眺望的景色實在太美了，您也來看看吧！

ごらんになる（他五）看，閱讀（尊敬語）

🖊 ここから、富士山をごらんになることができます。

從這裡可以看到富士山。

ます形 **ごらんになります**　　ない形 **ごらんにならない**　　た形 **ごらんになった**

これ（代）這個，此；這人；現在，此時

🖊 これは汚いから、きれいなのをください。

這個有點髒，請給我乾淨的。

これから（連語）接下來，現在起

🖊 これから、母にあげるものを買いに行きます。

現在要去買送母親的禮物。

ころ・ごろ【頃】（名）（表示時間）左右，時候；正好的時候

🖊 10時ごろには、出かけます。

十點左右會出門。

ころす【殺す】（他五）殺死；抑制，消除；埋沒；（棒球）使出局

🖊 社長を批判すると、殺されかねないよ。

你要是批評社長，性命可就難保了唷！

ます形 **殺します**　　ない形 **殺さない**　　た形 **殺した**

ころぶ【転ぶ】（自五）跌倒，倒下；滾轉；趨勢發展，事態變化

🖊 道で転んで、ひざ小僧を怪我した。

在路上跌了一跤，膝蓋受了傷。

ます形 **転びます**　　ない形 **転ばない**　　た形 **転んだ**

こわい【怖い】（形）可怕，害怕

🖊 どんなに怖くても、ぜったい泣かない。

不管怎麼害怕，也絕不哭。

丁寧形 **怖いです**　　ない形 **怖くない**　　た形 **怖かった**

こわす【壊す】（他五）弄碎；破壞

🖊 コップを壊してしまいました。

摔破杯子了。

ます形 **壊します**　　ない形 **壊さない**　　た形 **壊した**

こわれる【壊れる】（自下一）壞掉，損壞；故障
🖊 台風で、窓が壊れました。

窗戶因颱風，而壞掉了。

| ます形 壊れます | ない形 壊れない | た形 壊れた |

こんげつ【今月】（名）這個月
🖊 今月は、元気で勉強しましょう。

這個月就好好提起精神唸書吧。

コンサート【concert】（名）音樂會
🖊 コンサートでも行きませんか。

要不要去參加音樂會？

こんしゅう【今週】（名）這個星期，本週
🖊 どうして今週は寒いのですか。

這禮拜為什麼這麼冷？

こんど【今度】（名）這次；下次；以後
🖊 今度、すてきな服を買ってあげましょう。

下次買漂亮的衣服給你！

こんな（連體）這樣的，這種的
🖊 だれも、こんなことはしませんよ。

沒有人會做這種事的。

こんなん【困難】（名・形動）困難，困境；窮困
🖊 30年代から40年代にかけて、困難な日々が続いた。

30年代到40年代這段時間，持續過著艱難的生活。

| 丁寧形 困難です | ない形 困難ではない | た形 困難だった |

こんにちは（寒暄）你好，日安
🖊 こんにちは、どこかへ行くのですか。

你好，要上那兒去嗎？

こんばん【今晩】（名）今天晚上，今夜

✎ 今晩は、どこへも行きません。

今天晚上哪裡都不去。

こんばんは（寒暄）你好，晚上好

✎ こんばんは、今日は暑くてたいへんでしたね。

晚安，今天真是熱得好難受哦！

こんや【今夜】（名）今晚

✎ 今夜までに連絡します。

今晚以前會跟你聯絡。

こんらん【混乱】（名・自サ）混亂

✎ この古代国家は、政治の混乱のすえに滅亡した。

這一古國，由於政治的混亂，結果滅亡了。

ます形 混乱します　　　　ない形 混乱しない　　　　た形 混乱した

こ

[さサ]

※動詞「た形」變化跟「て形」一樣。如：買う→買った、買って

さあ（感）（表示勸誘，催促）來；表躊躇、遲疑的聲音

 さあ、ここで電車を降りましょう。
　來，在這裡下電車吧。

さい【歳】（量詞）…歲

 これは、3歳の子どものための本です。
　這是給三歲小孩看的書。

さいきん【最近】（名）最近

 彼女は最近、勉強もしないし、遊びにも行きません。
　她最近既不唸書也不去玩。

さいご【最後】（名）最後，最末

 パーティーの最後に、お菓子をくださった。
　派對的最後，送了糕點。

ざいさん【財産】（名）財產；文化遺產

 財産という点からいうと、彼は結婚相手として悪くない。
　就財產這一點來看，把他當結婚對象其實也不錯。

さいしょ【最初】（名）最初，開頭，第一個

 最初は、道具がなくてもかまいませんよ。
　剛開始沒有道具也沒關係喔！

さいそく【催促】（名・他サ）催促，催討

 食事がなかなか来ないから、催促するしかない。
　因為餐點遲遲不來，所以只好催它快來。

ます形 催促します　　　ない形 催促しない　　　た形 催促した

さいちゅう【最中】 (名) 動作進行中，最頂點，活動中

仕事の最中に、邪魔をするべきではない。

他人在工作，不該去打擾。

さいのう【才能】 (名) 才能，才幹

才能があれば成功するというものではない。

並非有才能就能成功。

さいばん【裁判】 (名・他サ) 裁判，評斷，判斷；（法）審判，審理

彼は、長い裁判のすえに無罪になった。

他經過長期的訴訟，最後被判無罪。

| ます形 裁判します | ない形 裁判しない | た形 裁判した |

さいふ【財布】 (名) 錢包

彼女の財布は重そうです。

她的錢包好像很重的樣子。

ざいりょう【材料】 (名) 材料，原料；數據

簡単ではないが、材料が手に入らないわけではない。

雖說不是很容易，但也不是拿不到材料。

さか【坂】 (名) 斜面，坡道；（比喻人生或工作的關鍵時刻）大關，陡坡

坂を上ったところに、教会があります。

上坡之後的地方有座教堂。

さかい【境】 (名) 界線，疆界，交界；境界，境地；分界線，分水嶺

隣町との境に、川が流れています。

有條河流過我們和鄰鎮間的交界。

さがす【探す】 (他五) 尋找，找尋

彼が財布をなくしたので、一緒に探してやりました。

他的錢包不見了，所以一起幫忙尋找。

| ます形 探します | ない形 探さない | た形 探した |

さかな【魚】（名）魚

✐ 魚は食べますが、肉は食べません。

吃魚但不吃肉。

さがる【下がる】（自五）後退；下降

✐ 危ないから、後ろに下がっていただけますか。

很危險，可以請您往後退嗎？

ます形 下がります	ない形 下がらない	た形 下がった

さかん【盛ん】（形動）繁盛，興盛；熱烈

✐ この町は、工業も盛んだし商業も盛んだ。

這小鎮工業跟商業都很興盛。

丁寧形 盛んです	ない形 盛んではない	た形 盛んだった

さき【先】（名）先，早；頂端，尖端；前頭，最前端

✐ 誰が先に行きましたか。

誰先去了？

さぎょう【作業】（名・自サ）工作，操作，作業

✐ 作業をやりかけたところなので、今は手が離せません。

因為現在工作正做到一半，所以沒有辦法離開。

ます形 作業します	ない形 作業しない	た形 作業した

さく【咲く】（自五）開（花）

✐ 花がきれいに咲きました。

花開得很漂亮。

ます形 咲きます	ない形 咲かない	た形 咲いた

さくしゃ【作者】（名）作者，作家

✐ この小説の作者は、60年代から70年代にわたってパリに住んでいた。

這小說的作者，60到70年代之間，都住在巴黎。

さくひん【作品】（名）製成品；（藝術）作品，（特指文藝方面）創作

✐ これは私にとって忘れがたい作品です。

這對我而言，是件難以忘懷的作品。

さくぶん【作文】（名）作文

✎ 作文を上手に書きました。

寫了一篇很棒的作文。

さけぶ【叫ぶ】（自五）喊叫，呼叫，大聲叫；呼喊，呼籲

✎ 少年は、急に思い出したかのように叫んだ。

少年好像突然想起了什麼事一般地大叫了一聲。

ます形 叫びます	ない形 叫ばない	た形 叫んだ

さける【避ける】（他下一）避開，逃避；避免

✎ 問題を指摘しつつも、自分から行動することは避けている。

儘管他指出了問題點，但還是盡量避免自己去做。

ます形 避けます	ない形 避けない	た形 避けた

さげる【下げる】（他下一）向下；掛；收走

✎ 飲み終わったら、コップを下げます。

喝完了，杯子就會收走。

ます形 下げます	ない形 下げない	た形 下げた

さじ【匙】（名）匙子，小杓子

✎ 子どもが勉強しないので、もうさじを投げました。

我小孩不想讀書，所以我已經死心了。

さしあげる【差し上げる】（他下一）給（「あげる」謙讓語）

✎ 差し上げた薬を、毎日お飲みになってください。

開給您的藥，請每天服用。

ます形 差し上げます	ない形 差し上げない	た形 差し上げた

さす（他五）撑（傘等）　　T31

✎ 傘をささないで、雨の中を歩きました。

不撑傘在雨中行走。

ます形 さします	ない形 ささない	た形 さした

さす【刺す】（他五）刺，穿，扎；螫，咬，釘；縫綴，衲；捉住，黏捕

✎ 蜂に刺されてしまった。

我被蜜蜂給螫到了。

ます形 刺します	ない形 刺さない	た形 刺した

さす【指す】（他五）指，指示；叫，令，命令做…

✐ 甲と乙というのは、契約者を指しています。

這甲乙指的是簽約的雙方。

ます形 指します	ない形 指さない	た形 指した

さそう【誘う】（他五）約，邀請；勸誘，會同；誘惑，勾引；引誘，引起

✐ 女性を誘うと、誤解されかねないですよ。

去邀約女性有可能會招來誤解喔！

ます形 誘います	ない形 誘わない	た形 誘った

さつ【冊】（接尾）…本，…冊

✐ 辞書を1冊、貸してくださいませんか。

能不能借我一本字典？

さつ【札】（名・漢造）紙幣，鈔票；（寫有字的）木牌，紙片；信件；門票，車票

✐ 財布にお札が1枚も入っていません。

錢包裡，連一張紙鈔也沒有。

さっか【作家】（名）作家，作者，文藝工作者；藝術家，藝術工作者

✐ さすが、作家だけあって、文章がうまい。

不愧是作家，文章寫得真好。

さっき（副）剛剛，剛才

✐ さっきここにいたのは、誰だい。

剛才在這裡的是誰？

ざっし【雑誌】（名）雜誌，期刊

✐ この雑誌はおもしろいですが、高いです。

這本雜誌雖很好看但很貴。

さっそく【早速】（副）立刻，馬上，火速，趕緊

✐ 手紙をもらったので、早速返事を書きました。

我收到了信，所以馬上就回了封信。

さとう【砂糖】（名）砂糖

✏ コーヒーに砂糖を入れます。

在咖啡裡加砂糖。

さびしい【寂しい】（形）孤單；寂寞

✏ 寂しいので、遊びに来てください。

因為我很寂寞，過來坐坐吧！

丁寧形 寂しいです	ない形 寂しくない	た形 寂しかった

さま【様】（接尾）先生，小姐

✏ 山田様、どうぞお入りください。

山田先生，請進。

さむい【寒い】（形）（天氣）寒冷；膽怯，心虛；寒愴，簡陋

✏ 中は暖かいが、外は寒い。

裡面很暖和，但外頭很冷。

丁寧形 寒いです	ない形 寒くない	た形 寒かった

さめる【覚める】（自下一）（從睡夢中）醒過來；（從迷惑、錯誤、沉醉中）醒悟

✏ びっくりして、目が覚めた。

嚇了一跳，都醒過來了。

ます形 覚めます	ない形 覚めない	た形 覚めた

さようなら（感）再見，再會；告別

✏ さようなら。明日か明後日、また会いましょう。

再見。明天或後天到時見。

さよなら（寒暄）（＝さようなら）再見

✏ さよなら、また会いましょう。

再見，後會有期！

さら【皿】（名）盤子

✏ お皿は、どれを使いましょうか。

要用哪一個盤子？

さらいげつ【再来月】（名）下下個月
☞ 再来月国に帰るので、準備をしています。
下下個月要回國，所以正在準備行李。

さらいしゅう【再来週】（名）下下星期
☞ 再来週遊びに来るのは、伯父です。
下下星期要來玩的是伯父。

さらいねん【再来年】（名）後年
☞ 再来年は留学します。
後年要去留學。

さる【猿】（名）猴子，猿猴
☞ 猿を見に、動物園へ行った。
為了看猴子，去了一趟動物園。

さわぐ【騒ぐ】（自五）吵鬧，喧囂；歡樂
☞ 教室で騒いでいるのは、誰なの。
是誰在教室吵鬧的？

ます形 騒ぎます	ない形 騒がない	た形 騒いだ

さわる【触る】（自五）碰觸，觸摸；傷害
☞ このボタンには、ぜったい触ってはいけない。
絕對不可觸摸這個按紐。

ます形 触ります	ない形 触らない	た形 触った

さん（接尾）（接在人名、職稱後表敬意或親切）…先生，…小姐
☞ 吉田さんは、いくつになりましたか。
吉田先生幾歲了？

さん【三】（名）（數）三，三個，第三，三次
☞ 3週間ぐらい、旅行をしました。
旅行了約三個星期左右。

さんか【参加】（名・自サ）参加，加入

私たちが参加してみたかぎりでは、そのパーティーはとてもよかった。

就我們參加過的感想，那個派對辦得很成功。

ます形 参加します　　　　　ない形 参加しない　　　　　た形 参加した

さんぎょう【産業】（名）生産事業；生業

産業が発達している反面、公害が深刻です。

產業雖然發達，但另一方面公害問題卻相當嚴重。

さんこう【参考】（名・他サ）參考，借鑑

合格した人の意見を参考にすることですね。

要參考及格的人的意見。

ます形 参考します　　　　　ない形 参考しない　　　　　た形 参考した

さんせい【賛成】（名・自サ）贊成，同意

みなが賛成するかどうかにかかわらず、私は反対します。

無論大家贊成與否，我都反對。

ます形 賛成します　　　　　ない形 賛成しない　　　　　た形 賛成した

サンダル【sandal】（名）涼鞋

涼しいので、靴ではなくてサンダルにします。

為了涼快，所以不穿鞋子改穿涼鞋。

サンドイッチ【sandwich】（名）三明治

サンドイッチを作ってさしあげましょうか。

幫您做份三明治吧？

ざんねん【残念】（形動）遺憾，可惜

あなたが来ないので、みんな残念がっています。

因為你沒來，大家都感到很遺憾。

丁寧形 残念です　　　　　ない形 残念ではない　　　　　た形 残念だった

さんぽ【散歩】（名・自サ）散步，隨便走走

公園を散歩します。

在公園散步。

ます形 散歩します　　　　　ない形 散歩しない　　　　　た形 散歩した

さ

［ し シ ］

※動詞「た形」變化跟「て形」一樣。如：買う→買った、買って

し【市】（名・漢造）（行政單位）市；鬧市，城市；市，交易

✎ 私は、静岡市内に住んでいます。

我住在靜岡市區裡。

し【詩】（名・漢造）詩，漢詩，詩歌

✎ 私の趣味は、詩を書くことです。

我的興趣是作詩。

し・よん【四】（名）四；四個；四次；四方

✎ 4月に子どもが生まれました。

小孩在四月出生。

じ【時】（接尾）…點，…時

✎ 1時に帰りました。

一點回來的。

じ【字】（名）字

✎ 田中さんは、字が上手です。

田中小姐的字寫得很漂亮。

しあい【試合】（名）比賽

✎ 試合はきっとおもしろいだろう。

比賽一定很有趣吧！

しあわせ【幸せ】（名・形動）運氣；幸福，幸運

✎ 結婚すれば幸せというものではないでしょう。

結婚並不能說就會幸福的吧！

丁寧形 幸せです	ない形 幸せではない	た形 幸せだった

しお【塩】（名）鹽，食鹽；鹹度

✐ あまり塩を入れないでください。
　請別放太多鹽。

しかくい【四角い】（形）四角的，四方的

✐ 四角いスイカを作るのに成功しました。
　我成功地培育出四角形的西瓜了。

丁寧形 四角いです　　　　　　ない形 四角くない　　　　　た形 四角かった

しかし（接續）然而，但是，可是

✐ しかし、どこへも行かないのはつまらない。
　但是，哪裡都不去也太無聊了。

しかた【仕方】（名）方法，做法

✐ 誰か、上手な洗濯の仕方を教えてください。
　有誰可以教我洗衣的訣竅。

しかも（接）而且，並且；而，但，卻；反而，竟然，儘管如此還…

✐ 私が聞いたかぎりでは、彼は頭がよくて、しかもハンサムだそうです。
　就我所聽到的，據說他不但頭腦好，而且還很英俊。

しかる（他五）責備，責罵

✐ 子どもをああしかっては、かわいそうですよ。
　把小孩罵成那樣，就太可憐了。

ます形 しかります　　　　　　ない形 しからない　　　　た形 しかった

じかん【時間】（接尾）…小時，…點鐘

✐ 東京から京都まで2時間かかります。
　從東京到京都要花上兩小時。

じかん【時間】（名）時間，功夫；時刻，鐘點

✐ 時間が遅いから、帰りませんか。
　時間很晚了，要不要回家了？

しき【式】（接尾）…典禮

<ruby>入<rt>にゅう</rt></ruby> <ruby>学<rt>がく</rt></ruby><ruby>式<rt>しき</rt></ruby>の<ruby>会場<rt>かいじょう</rt></ruby>はどこだい。

開學典禮的禮堂在哪裡？

しき【式】（名・漢造）儀式，典禮，（特指）婚禮；方式；做法；公式

<ruby>式<rt>しき</rt></ruby>の<ruby>途中<rt>とちゅう</rt></ruby>で、<ruby>帰<rt>かえ</rt></ruby>るわけにもいかない。

典禮進行中，不能就這樣跑回去。

しく【敷く】（自五・他五）撲上一層，（作接尾詞用）舖滿，落滿舖墊，舖設

どうぞ<ruby>座<rt>ざ</rt></ruby><ruby>布<rt>ぶ</rt></ruby><ruby>団<rt>とん</rt></ruby>を<ruby>敷<rt>し</rt></ruby>いてください。

煩請鋪一下坐墊。

ます形 敷きます	ない形 敷かない	た形 敷いた

しげき【刺激】（名・他サ）（物理的、生理的）刺激；（心理的）刺激

<ruby>刺激<rt>しげき</rt></ruby>が<ruby>欲<rt>ほ</rt></ruby>しくて、<ruby>怖<rt>こわ</rt></ruby>い<ruby>映画<rt>えいが</rt></ruby>を<ruby>見<rt>み</rt></ruby>た。

為了追求刺激，去看了恐怖片。

ます形 刺激します	ない形 刺激しない	た形 刺激した

しげる【茂る】（自五）（草木）繁茂，茂密

<ruby>桜<rt>さくら</rt></ruby>の<ruby>葉<rt>は</rt></ruby>が<ruby>茂<rt>しげ</rt></ruby>る。

櫻花樹的葉子開得很茂盛。

ます形 茂ります	ない形 茂らない	た形 茂った

しけん【試験】（名）考試

<ruby>試験<rt>しけん</rt></ruby>があるので、<ruby>勉強<rt>べんきょう</rt></ruby>します。

因為有考試，我要唸書。

じけん【事件】（名）事件，案件

<ruby>連続<rt>れんぞく</rt></ruby>して<ruby>殺人<rt>さつじん</rt></ruby><ruby>事件<rt>じけん</rt></ruby>が<ruby>起<rt>お</rt></ruby>きた。

殺人事件接二連三地發生了。

じこ【事故】（名）意外，事故

<ruby>事故<rt>じこ</rt></ruby>に<ruby>遭<rt>あ</rt></ruby>っても、ぜんぜんけがをしなかった。

遇到事故，卻毫髮無傷。

しごと【仕事】（名）工作；職業

☞ 仕事の前か後に電話をします。

上班前後會打電話給你。

しじ【指示】（名・他サ）指示，指點

☞ 隊長の指示を聞かないで、勝手に行動してはいけない。

不可以不聽從隊長的指示，隨意行動。

ます形 指示します　　　　ない形 指示しない　　　　た形 指示した

ししゅつ【支出】（名・他サ）開支，支出

☞ 支出が増えたせいで、貯金が減った。

都是支出變多，儲蓄才變少了。

ます形 支出します　　　　ない形 支出しない　　　　た形 支出した

じしょ【辞書】（名）字典，辭典

☞ 鞄に、辞書を入れました。

在書包裡放了字典。

じじょう【事情】（名）狀況，內情；（局外人所不知的）原因，理由

☞ 私の事情を、先生に説明している最中です。

我正在向老師說明我的情況。

じしん【地震】（名）地震

☞ 地震の時はエレベーターに乗るな。

地震的時候不要搭電梯。

じしん【自信】（名）自信，自信心　　　🅣**T33**

☞ 自信を持つことこそ、あなたに最も必要なことです。

要對自己有自信，對你來講才是最需要的。

しずか【静か】（形動）靜止，不動；平靜，沈穩；慢慢，輕輕

☞ ちょっと静かにしてくださいませんか。

能不能請稍微安靜一點？

丁寧形 静かです　　　　ない形 静かではない　　　　た形 静かだった

しずむ【沈む】（自五）沉沒，沈入；西沈，下山；消沈，落魄；沈淪

✎ 夕日が沈むのを、ずっと見ていた。

　我一直看著夕陽西沈。

ます形 沈みます	ない形 沈まない	た形 沈んだ

しぜん【自然】（名・形動・副）天然；大自然

✎ この国は、経済が遅れている半面、自然が豊かだ。

　這個國家經濟雖落後，但另一方面卻擁有豐富的自然資源。

丁寧形 自然です	ない形 自然ではない	た形 自然だった

しそう【思想】（名）思想

✎ 彼は、文学思想において業績を上げた。

　他在文學思想上，取得了成就。

した【下】（名）（位置的）下，下面，底下；（身份、地位的）低下；年紀小

✎ 本の下にノートがあります。

　書本下有筆記本。

した【舌】（名）舌頭；說話；舌狀物

✎ 熱いものを食べて、舌を火傷した。

　我吃到熱食，燙到舌頭了。

じだい【時代】（名）時代；潮流；歷史

✎ 新しい時代が来たということを感じます。

　感覺到新時代已經來臨了。

したがう【従う】（自五）跟隨；服從，遵從；按照；順著，沿著；隨著

✎ 先生が言えば、みんな従うにきまっています。

　只要老師一說話，大家就肯定會服從的。

ます形 従います	ない形 従わない	た形 従った

したがって【従って】（接續）因此，從而，所以

✎ この学校の進学率は高い。したがって志望者が多い。

　這所學校的升學率高，所以有很多人想進來唸。

したぎ【下着】（名）内衣，貼身衣服

木綿の下着は洗いやすい。

棉質內衣好清洗。

したく【支度】（名・自サ）準備，預備

旅行の支度をしなければなりません。

我得準備旅行事宜。

ます形 支度します	ない形 支度しない	た形 支度した

したしい【親しい】（形）（血緣）近；親近，親密；熟悉，習慣；不稀奇

その人は、知っているどころかとても親しい友人です。

那個人豈止是認識，她可是我的摯友呢。

丁寧形 親しいです	ない形 親しくない	た形 親しかった

しち・なな【七】（名）七

1日7時間ぐらい働きます。

一天工作七小時左右。

しっかり（副・自サ）紮實，落實；可靠

ビジネスのやりかたを、しっかり勉強してきます。

我要紮紮實實去學做生意回來。

ます形 しっかりします	ない形 しっかりしない	た形 しっかりした

じっけん【実験】（名・他サ）實驗，實地試驗；經驗

どんな実験をするにせよ、安全に気をつけてください。

不管做哪種實驗，都請注意安全！

ます形 実験します	ない形 実験しない	た形 実験した

じつげん【実現】（名・自他サ）實現

あなたのことだから、きっと夢を実現させるでしょう。

要是你的話，一定可以讓夢想成真吧！

ます形 実現します	ない形 実現しない	た形 実現した

じっこう【実行】（名・他サ）實行，落實，施行

資金が足りなくて、計画を実行するどころじゃない。

資金不足，哪能實行計畫呀！

ます形 実行します	ない形 実行しない	た形 実行した

し

じっさい【実際】（名・副）實際；事實，真面目；確實，真的，實際上

☞ やり方がわかったら、実際にやってみましょう。

既然知道了作法，就來實際操作看看吧！

しっぱい【失敗】（名・自サ）失敗

☞ 方法がわからず、失敗しました。

不知道方法以致失敗。

ます形 失敗します	ない形 失敗しない	た形 失敗した

しつもん【質問】（名・自サ）提問，問題，疑問

☞ 先生の質問がわかりました。

我了解老師的問題了。

ます形 質問します	ない形 質問しない	た形 質問した

しつれい【失礼】（名・自サ）失禮，沒禮貌；失陪

☞ 黙って帰るのは、失礼です。

連個招呼也沒打就回去，是很沒禮貌。

ます形 失礼します	ない形 失礼しない	た形 失礼した

しつれいしました【失礼しました】（寒暄）失禮，不好意思

☞ 失礼しました。この道は違いました。

真不好意思，這條路是錯的。

じてん【辞典】（名）字典

☞ 辞典をもらったので、英語を勉強しようと思う。

別人送我辭典，所以我想認真學英文。

じてんしゃ【自転車】（名）腳踏車

☞ 新しい自転車がほしいです。

我想要新腳踏車。

しどう【指導】（名・他サ）指導；領導，教導

☞ 彼の指導を受ければ上手になるというものではないと思います。

我不認為接受他的指導就會變厲害。

ます形 指導します	ない形 指導しない	た形 指導した

じどうしゃ【自動車】（名）車，汽車

✎ 自動車で行きます。
　坐車子前往。

しなもの【品物】（名）物品，東西；貨品

✎ あのお店の品物は、とてもいい。
　那家店的貨品非常好。

しぬ【死ぬ】（自五）死亡；停止活動；休止，無生氣

✎ 死なないでください。
　請不要死。

ます形 死にます	ない形 死なない	た形 死んだ

しはい【支配】（名・他サ）指使，支配；統治，控制，管轄；決定，左右

✎ こうして、王による支配が終わった。
　就這樣，國王統治時期結束了。

ます形 支配します	ない形 支配しない	た形 支配した

しばい【芝居】（名）戲劇；假裝，花招；劇場

✎ その芝居は、面白くてたまらなかったよ。
　那場演出實在是有趣極了。

しばらく（副）好久；暫時

✎ しばらく会社を休むつもりです。
　我打算暫時向公司請假。

しばる【縛る】（他五）綁，捆；拘束，限制；逮捕　　T34

✎ ひもをきつく縛ってあったものだから、靴がすぐ脱げない。
　因為鞋帶綁太緊了，所以沒辦法馬上脫掉鞋子。

ます形 縛ります	ない形 縛らない	た形 縛った

じびき【字引】（名）字典，辭典

✎ 字引を引いて、調べました。
　翻字典查詢。

じぶん【自分】（名）自己，本人，自身

✐ あの子は、たぶん自分でできるでしょう。

那孩子應該可以靠自己做到吧！

しま【島】（名）島嶼

✐ 島に行くためには、船に乗らなければなりません。

要去小島，就得搭船。

しまう【仕舞う】（自五・他五・補動）結束，完了，收拾；收拾起來

✐ 通帳は金庫にしまっている。

存摺收在金庫裡。

ます形 仕舞います	ない形 仕舞わない	た形 仕舞った

しまる【閉まる】（自五）關閉；關店

✐ 店はもう閉まりました。

商店已經關門了。

ます形 閉まります	ない形 閉まらない	た形 閉まった

じみ【地味】（形動）素氣，樸素；保守

✐ この服は地味ながら、とてもセンスがいい。

儘管這件衣服樸素了點，但卻很有品味。

丁寧形 地味です	ない形 地味ではない	た形 地味だった

しみん【市民】（名）市民

✐ 市民として、義務を果たします。

作為國民，要盡義務。

じむ【事務】（名）事務（多為處理文件、行政等庶務工作）

✐ 会社で、事務の仕事をしています。

我在公司做行政的工作。

じむしょ【事務所】（名）辦公室。

✐ こちらが、会社の事務所でございます。

這裡是公司的辦公室。

し

しめす【示す】（他五）出示，拿出來給對方看；表示；指示，開導；呈現

☞ 実例によって、やりかたを示す。

　以實際的例子來示範做法。

ます形 示します	ない形 示さない	た形 示した

しめる【閉める】（他下一）關閉，合上；繫緊，束緊；嚴加管束

☞ 戸を閉めたのは誰ですか。

　是誰把門關上的？

ます形 閉めます	ない形 閉めない	た形 閉めた

しめる【締める】（他下一）勒緊；繫著

☞ 色の美しいネクタイを締めました。

　繫著漂亮顏色的領帶。

ます形 締めます	ない形 締めない	た形 締めた

じゃ・じゃあ（感）那麼（就）

☞ あなたは25歳ですか。じゃあ、お姉さんはいくつですか。

　你25歲嗎？那麼，令姊是幾歲？

しゃかい【社会】（名）社會

☞ 社会が厳しくても、私はがんばります。

　即使社會嚴峻，我也會努力的。

しゃしん【写真】（名）照片，相片，攝影

☞ 旅行に行った時、写真を撮りました。

　去旅行時拍了照。

しゃちょう【社長】（名）社長，總經理

☞ 社長に、難しい仕事をさせられた。

　總經理讓我做很難的工作。

シャツ【shirt】（名）襯衫

☞ このシャツは、いかがですか。

　這件襯衫您覺得怎麼樣？

じゃま（名・他サ）妨礙，阻擾

✐ ここにこう坐（すわ）っていたら、じゃまですか。
　像這樣坐在這裡，會妨礙到你嗎？

ます形 じゃまします	ない形 じゃましない	た形 じゃました

ジャム【jam】（名）果醬

✐ あなたに、いちごのジャムを作（つく）ってあげる。
　我做草莓果醬給你。

じゆう【自由】（名・形動）自由，隨便

✐ そうするかどうかは、あなたの自由（じゆう）です。
　要不要那樣做，隨你便！

丁寧形 自由です	ない形 自由ではない	た形 自由だった

じゅう【十】（名）十

✐ 100メートルを10秒（びょう）ぐらいで走（はし）りました。
　100公尺大約跑十秒鐘。

しゅうかん【週間】（名・接尾）…週，…星期

✐ 1週間（いっしゅうかん）、どこへも出（で）かけていません。
　一整個星期哪裡都沒去。

しゅうかん【習慣】（名）習慣

✐ 一度（いちど）ついた習慣（しゅうかん）は、変（か）えにくいですね。
　一旦養成習慣，就很難改變。

しゅうきょう【宗教】（名）宗教

✐ この国（くに）の人々（ひとびと）は、どんな宗教（しゅうきょう）を信仰（しんこう）していますか。
　這個國家的人，信仰的是什麼宗教？

じゅうしょ【住所】（名）地址

✐ 私（わたし）の住所（じゅうしょ）をあげますから、手紙（てがみ）をください。
　給你我的地址，請寫信給我。

しゅうしょく【就職】（名・自サ）就業，找到工作

就職したからには、一生懸命働きたい。

既然找到了工作，我就想要努力去做。

ます形 就職します	ない形 就職しない	た形 就職した

じゅうどう【柔道】（名）柔道

柔道を習おうと思っている。

我想學柔道。

しゅうにゅう【収入】（名）收入，所得

彼は収入がないにもかかわらず、ぜいたくな生活をしている。

儘管他沒收入，還是過著奢侈的生活。

じゅうぶん【十分】（副・形動）充分，足夠

昨日は、十分お休みになりましたか。

昨晚有好好休息了嗎?

丁寧形 十分です	ない形 十分ではない	た形 十分だった

じゅうよう【重要】（名・形動）重要，要緊

彼は若いながら、なかなか重要な仕事をしています。

雖說他很年輕，卻從事相當重要的工作。

丁寧形 重要です	ない形 重要ではない	た形 重要だった

しゅうり【修理】（名・他サ）修理，修繕

この家は修理が必要だ。

這個房子需要進行修繕。

ます形 修理します	ない形 修理しない	た形 修理した

しゅぎ【主義】（名）主義，信條；作風，行動方針 T35

自分の主義を変えるわけにはいかない。

我不可能改變自己的主張。

じゅぎょう【授業】（名）上課，教課，授課

あの授業は、あまり面白くない。

那堂課不怎麼有趣。

しゅくだい【宿題】（名）作業，家庭作業；有待將來解決的問題

✏ どこで宿題をしますか。

在哪裡做功課？

じゅけん【受験】（名・他サ）參加考試，應試，投考

✏ 試験が難しいかどうかにかかわらず、私は受験します。

無論考試困難與否，我都要去考。

ます形 受験します	ない形 受験しない	た形 受験した

しゅじゅつ【手術】（名・他サ）手術

✏ 病気がわかった上は、きちんと手術して治します。

既然知道生病了，就要好好進行手術治療。

ます形 手術します	ない形 手術しない	た形 手術した

しゅだん【手段】（名）手段，方法，辦法

✏ よく考えれば、手段がないというものでもありません。

仔細想想的話，也不是說沒有方法的。

しゅっせき【出席】（名・自サ）出席

✏ そのパーティーに出席することは難しい。

要出席那個派對是很困難的。

ます形 出席します	ない形 出席しない	た形 出席した

しゅっちょう【出張】（名・自サ）因公前往，出差

✏ 私のかわりに、出張に行ってもらえませんか。

你可不可以代我去出公差？

ます形 出張します	ない形 出張しない	た形 出張した

しゅっぱつ【出発】（名・自サ）出發；起步

✏ なにがあっても、明日は出発します。

無論如何，明天都要出發。

ます形 出発します	ない形 出発しない	た形 出発した

しゅっぱん【出版】（名・他サ）出版

✏ 本を出版するかわりに、インターネットで発表した。

取代出版書籍，我在網路上發表文章。

ます形 出版します	ない形 出版しない	た形 出版した

しゅみ【趣味】（名）嗜好；情趣

☞ 君の趣味は何だい。
きみ　しゅみ　なん

你的嗜好是什麼？

しゅるい【種類】（名）種類

☞ 病 気の種類に応じて、飲む薬が違うのは当然だ。
びょうき　しゅるい　おう　　の　くすり　ちが　　　　とうぜん

依不同的疾病類型，服用的藥物當然也有所不同。

じゅん【順】（名・漢造）順序，次序；輪班，輪到；正當，理所當然；順利

☞ 順に呼びますから、そこに並んでください。
じゅん　よ　　　　　　　　　なら

我會依序叫名，所以請到那邊排隊。

じゅんじょ【順序】（名）順序，次序，先後；手續，過程，經過

☞ 順 序を守らないわけにはいかない。
じゅんじょ　まも

不能不遵守順序。

じゅんび【準備】（名・他サ）準備；預備

☞ 早く明日の準備をしなさい。
はや　あした　じゅんび

明天的事趕快準備！

ます形 準備します　　　　　　ない形 準備しない　　　　た形 準備した

しよう【使用】（名・他サ）使用，利用，用（人）

☞ トイレが使用中だと思ったら、なんと誰も入っていなかった。
しようちゅう　　おも　　　　　　だれ　はい

我本以為廁所有人，想不到裡面沒有人。

ます形 使用します　　　　　　ない形 使用しない　　　　た形 使用した

じょう【上】（名・漢造）上等；（書籍的）上卷；上部，上面；上等的

☞ 私の成績は、中の上です。
わたし　せいせき　　ちゅう　じょう

我的成績，是在中上程度。

しょうかい【紹介】（名・他サ）介紹

☞ 鈴木さんをご紹介しましょう。
すずき　　　　しょうかい

我來介紹鈴木小姐給您認識。

ます形 紹介します　　　　　　ない形 紹介しない　　　　た形 紹介した

しょうがつ【正月】（名）正月，新年
✎ もうすぐお正月ですね。
馬上就快新年了。

しょうがっこう【小学校】（名）小學
✎ 来年から、小学校の先生になることになりました。
明年起將成為小學老師。

しょうぎょう【商業】（名）商業
✎ このへんは、商業地域だけあって、とてもにぎやかだ。
這附近不愧是商業區，非常的熱鬧。

じょうけん【条件】（名）條件；條文，條款
✎ 相談の上で、条件を決めましょう。
協商之後，再來決定條件吧。

しょうじき【正直】（名・形動）正直，老實，率直
✎ 正直でありさえすればいいというものでもない。
並不是說只要為人正直就可以。

丁寧形 正直です	ない形 正直ではない	た形 正直だった

じょうしゃ【乗車】（名・自サ）上車；乘坐的車
✎ 乗車するときに、料金を払ってください。
上車時請付費。

ます形 乗車します	ない形 乗車しない	た形 乗車した

しょうじょ【少女】（名）少女，小姑娘
✎ 少女は走りかけて、ちょっと立ち止まりました。
少女跑到一半，就停了一下。

じょうず【上手】（形動）（某種技術的）擅長，高明，厲害；善於奉承，會說話
✎ 私は英語があまりじょうずではない。
我的英語不是很好。

丁寧形 上手です	ない形 上手ではない	た形 上手だった

しょうせつ【小説】（名）小説

先生がお書きになった小説を読みたいです。

我想看老師所寫的小說。

しょうたい【招待】（名・他サ）邀請，請客

みんなをうちに招待するつもりです。

我打算邀請大家來家裡作客。

ます形 招待します	ない形 招待しない	た形 招待した

じょうたい【状態】（名）狀態，情況

彼は、そのことを知り得る状態にありました。

他現在已經能得知那件事了。

しょうち【承知】（名・他サ）知道，了解，同意

彼がこんな条件で承知するはずがありません。

他不可能接受這樣的條件。

ます形 承知します	ない形 承知しない	た形 承知した

しょうねん【少年】（名）少年

もう一度 少 年の頃に戻りたい。

我想再次回到年少時期。

しょうばい【商売】（名・自サ）經商；職業

商 売がうまくいかないからといって、酒ばかり飲んでいてはだめですよ。

不能說因為經商不順，就老酗酒呀！

ます形 商売します	ない形 商売しない	た形 商売した

じょうひん【上品】（名・形動）高級品，上等貨；莊重，高雅，優雅

あの人は、とても上品な人ですね。

那個人真是個端莊高雅的人呀！

丁寧形 上品です	ない形 上品ではない	た形 上品だった

じょうぶ【丈夫】（形動）（身體）健壯，健康；堅固，結實

丈 夫なのがほしいです。

我想要堅固的。

丁寧形 丈夫です	ない形 丈夫ではない	た形 丈夫だった

しょうめい【証明】（名・他サ）證明

<ruby>身<rt>み</rt></ruby>の<ruby>潔白<rt>けっぱく</rt></ruby>を<ruby>証明<rt>しょうめい</rt></ruby>する。

證明是清白之身。

ます形 証明します	ない形 証明しない	た形 証明した

しょうゆ【醤油】（名）醬油

これは<ruby>醤油<rt>しょうゆ</rt></ruby>で、それは<ruby>塩<rt>しお</rt></ruby>です。

這是醬油，那是鹽。

しょうらい【将来】（名）將來

<ruby>将来<rt>しょうらい</rt></ruby>は、<ruby>立派<rt>りっぱ</rt></ruby>な<ruby>人<rt>ひと</rt></ruby>におなりになるだろう。

將來您會成為了不起的人吧。

しょくぎょう【職業】（名）職業

<ruby>用紙<rt>ようし</rt></ruby>に<ruby>名前<rt>なまえ</rt></ruby>と<ruby>職業<rt>しょくぎょう</rt></ruby>を<ruby>書<rt>か</rt></ruby>いた<ruby>上<rt>うえ</rt></ruby>で、<ruby>持<rt>も</rt></ruby>ってきてください。

請在紙上寫下姓名和職業，然後再拿到這裡來。

しょくじ【食事】（名・自サ）用餐，吃飯

<ruby>食事<rt>しょくじ</rt></ruby>をするために、レストランへ<ruby>行<rt>い</rt></ruby>った。

為了吃飯，去了餐廳。

ます形 食事します	ない形 食事しない	た形 食事した

しょくどう【食堂】（名）食堂，餐廳，飯館

そこは<ruby>食堂<rt>しょくどう</rt></ruby>です。

那邊是餐廳。

しょくぶつ【植物】（名）植物

<ruby>壁<rt>かべ</rt></ruby>にそって<ruby>植物<rt>しょくぶつ</rt></ruby>を<ruby>植<rt>う</rt></ruby>えた。

我沿著牆壁種了些植物。

しょくりょうひん【食料品】（名）食品

パーティーのための<ruby>食料品<rt>しょくりょうひん</rt></ruby>を<ruby>買<rt>か</rt></ruby>わなければなりません。

得去買派對用的食品。

じょせい【女性】（名）女性

✍ 私は、あんな女性と結婚したいです。

我想和那樣的女性結婚。

しらせる【知らせる】（他下一）通知，讓對方知道

✍ このニュースを彼に知らせてはいけない。

這個消息不可以讓他知道。

ます形 知らせます	ない形 知らせない	た形 知らせた

しらべる【調べる】（他下一）查閱，調查

✍ 秘書に調べさせます。

我讓秘書去調查。

ます形 調べます	ない形 調べない	た形 調べた

しりあい【知り合い】（名）熟人，朋友

✍ 鈴木さんは、佐藤さんと知り合いだということです。

據說鈴木先生和佐藤先生似乎是熟人。

しる【知る】（他五）知道，得知；理解，識別；認識，熟識；懂得，學會

✍ そのことを、本を読んで知りました。

我透過書本知道了那件事。

ます形 知ります	ない形 知らない	た形 知った

しるし【印】（名）符號；象徵（物），標記；徽章；（心意的）表示；商標

✍ 間違えないように、印をつけた。

為了避免搞錯而貼上了標籤。

しろい【白い】（形）白色；空白；乾淨，潔白

✍ 雪が降って、山が白くなりました。

下了雪，山上變成雪白一片。

丁寧形 白いです	ない形 白くない	た形 白かった

じん【人】（接尾）…人

✍ あの人は、日本人です。

那個人是日本人。

しんけい【神経】（名）神経；察覺力，感覺，神經作用
✎ 彼は神経が太くて、いつも堂々としている。
他的神經大條，總是擺出一付大無畏的姿態。

じんこう【人口】（名）人口
✎ 私の町は人口が多すぎます。
我住的城市人口過多。

じんじゃ【神社】（名）神社
✎ この神社は、祭りのときはにぎやからしい。
這個神社每逢慶典好像都很熱鬧。

しんじる・しんずる【信じる・信ずる】（他上一）相信；確信；信賴；信仰
✎ これだけ説明されたら、信じざるをえない。
聽你這一番解說，我不得不相信你了。

ます形 信じます	ない形 信じない	た形 信じた

じんせい【人生】（名）人的一生；生涯，人的生活
✎ 病気になったのをきっかけに、人生を振り返った。
趁著生了一場大病為契機，回顧了自己過去的人生。

しんせき【親戚】（名）親戚，親屬
✎ 親戚に挨拶に行かないわけにもいかない。
不能不去向親戚打招呼。

しんせつ【親切】（名・形動）親切，好心
✎ みんなに親切にするように言われた。
說要我對大家親切一點。

丁寧形 親切です	ない形 親切ではない	た形 親切だった

しんぞう【心臓】（名）心臟；厚臉皮，勇氣
✎ びっくりして、心臓が止まりそうだった。
我嚇到心臟差點停了下來。

しんちょう【身長】（名）身高

あなたの身長は、バスケットボール向きですね。

你的身高還真是適合打籃球呀！

しんぱい【心配】（名・自サ）擔心；照顧

息子が帰ってこないので、父親は心配しはじめた。

由於兒子沒回來，父親開始擔心起來了

ます形 **心配します**　　　　ない形 **心配しない**　　　　た形 **心配した**

しんぶん【新聞】（名）報紙

新聞は、どこにありますか。

報紙在什麼地方？

しんぶんしゃ【新聞社】（名）報社

右の建物は、新聞社でございます。

右邊的建築物是報社。

しんぽ【進歩】（名・自サ）進步

科学の進歩のおかげで、生活が便利になった。

因為科學進步的關係，生活變方便多了。

ます形 **進歩します**　　　　ない形 **進歩しない**　　　　た形 **進歩した**

しんよう【信用】（名・他サ）堅信；相信；信用

信用するかどうかはともかくとして、話だけは聞いてみよう。

不管你相不相信，至少先聽他怎麼說吧！

ます形 **信用します**　　　　ない形 **信用しない**　　　　た形 **信用した**

[**すス**]

※動詞「た形」變化跟「て形」一樣。如：買う→買った、買って

ず【図】（名）圖，圖表；地圖；設計圖；圖畫

図を見ながら説明します。

邊看圖，邊解說。

すいえい【水泳】（名）游泳

✎ テニスより、水泳の方が好きです。

喜歡游泳勝過打網球。

すいせん【推薦】（名・他サ）推薦，舉薦，介紹

✎ あなたの推薦があったからこそ、採用されたのです。

因為有你的推薦，我才能被錄用。

ます形 推薦します	ない形 推薦しない	た形 推薦した

すいどう【水道】（名）自來水管

✎ 水道の水が飲めるかどうか知りません。

不知道自來水管的水是否可以飲用？

ずいぶん（副）相當地，很，非常

✎ 彼は、「ずいぶん立派な家ですね。」と言った。

他說：「真是豪華的房子」。

すいようび【水曜日】（名）星期三

✎ 水曜日にも授業があります。

星期三也有課。

すう【吸う】（他五）吸，抽；啜；吸收

✎ 父は煙草を吸っています。

爸爸正在抽煙。

ます形 吸います	ない形 吸わない	た形 吸った

すう【数】（名・接頭）數，數目，數量；天命；（數學中的）數；數量

✎ 展覧会の来場者数は、少なかった。

展覽會的到場人數很少。

すうがく【数学】（名）數學

✎ 友だちに、数学の問題の答えを教えてやりました。

我告訴朋友數學問題的答案了。

す

スーツケース【suitcase】（名）手提旅行箱

✍ 親切な男性に、スーツケースを持っていただきました。

有位親切的男士，幫我拿了旅行箱。

スカート【skirt】（名）裙子

✍ そのきれいなスカートは、いくらでしたか。

那件漂亮的裙子是多少錢？

すがた【姿】（名・接尾）身姿，身段；裝束，風采；形跡，身影；面貌

✍ 寝間着姿では、外に出られない。

我實在沒辦法穿睡衣出門。

すき【好き】（形動）喜好；好色；愛，產生感情

✍ どれが 一番好きですか。

最喜歡哪一個？

丁寧形 好きです	ない形 好きではない	た形 好きだった

すぎ【過ぎ】（接尾）超過…，過了…

✍ 夜10時過ぎに、電話をかけないでください。

過了晚上十點，請別打電話過來。

すぎる（接尾）過於…

✍ こんなすばらしい部屋は、私には立派すぎます。

這麼棒的房間，對我來說太過豪華了。

すぎる【過ぎる】（自上一）超過；過於；經過

✍ 5時を過ぎたので、もううちに帰ります。

已經五點多了，我要回家了。

ます形 過ぎます	ない形 過ぎない	た形 過ぎた

すく（自五）空閒，空蕩

✍ あのレストランはおいしくないので、いつもすいている。

那家餐廳不好吃，所以人都很少。

ます形 すきます	ない形 すかない	た形 すいた

すく（自五）飢餓

✑ おなかもすいたし、のどもかわきました。
肚子也餓了，口也渴了。

ます形 **すきます**　　　ない形 **すかない**　　　た形 **すいた**

すくない【少ない】（形）少，不多

✑ 本当に面白い映画は、少ないのだ。
有趣的電影真的很少！

丁寧形 **少ないです**　　　ない形 **少なくない**　　　た形 **少なかった**

すぐに（副）馬上，立刻；容易，輕易；（距離）很近

✑ すぐにそこに行きます。
我立刻到那邊去。

すごい（形）可怕，很棒；非常

✑ 上手に英語が話せるようになったら、すごいなあ。
如果英文能講得好，應該很棒吧！

丁寧形 **すごいです**　　　ない形 **すごくない**　　　た形 **すごかった**

すこし【少し】（副）一下子；少量，稍微，一點

✑ リンゴだけ少し食べました。
只吃了一些蘋果。

すじ【筋】（名・接尾）筋；血管；線，條；條紋；素質，血統；條理

✑ 読んだ人の話によると、その小説の筋は複雑らしい。
據看過的人說，那本小說的情節好像很複雜。

すずしい【涼しい】（形）涼爽，涼爽；明亮，清澈，清爽

✑ 家の中で、どこが一番涼しいですか。
家中哪裡最涼爽？

丁寧形 **涼しいです**　　　ない形 **涼しくない**　　　た形 **涼しかった**

すすめる【薦める】（他下一）勸告，勸誘；勸，敬（煙、酒、茶、座等）

✑ 彼はA大学の出身だから、A大学を薦めるわけだ。
他是從A大學畢業的，難怪會推薦A大學。

ます形 **薦めます**　　　ない形 **薦めない**　　　た形 **薦めた**

ずつ（副助）（表示均攤）每…，各…：表示反覆多次

✐ このお菓子とあのお菓子を二つずつください。

這個點心和那個點心請各給我兩個。

すっかり（副）完全：全部

✐ 部屋はすっかり片付けてしまいました。

房間全部整理好了。

ずっと（副）更：一直

✐ ずっとほしかったギターをもらった。

收到夢寐以求的吉他。

すっぱい【酸っぱい】（形）酸

✐ 梅干しは酸っぱい。

酸梅很酸。

丁寧形 酸っぱいです	ない形 酸っぱくない	た形 酸っぱかった

ステージ【stage】（名）舞台，講台：階段，等級，步驟

✐ 歌手がステージに出てきたとたんに、みんな拍手を始めた。

歌手才剛走出舞台，大家就拍起手來了。

すてる【捨てる】（他下一）丟掉，拋棄：放棄

✐ いらないものは、捨ててしまってください。

不要的東西，請全部丟掉！

ます形 捨てます	ない形 捨てない	た形 捨てた

ステレオ【stereo】（名）音響

✐ 彼にステレオをあげたら、とても喜んだ。

送他音響，他就非常高興。

ストーブ【stove】（名）火爐，暖爐

✐ もうストーブを点けました。

已經開暖爐了。

すな【砂】（名）沙
🖐 雪がさらさらして、砂のようだ。
沙沙的雪，像沙子一般。

すなわち【即ち】（接）即，換言之；即是，正是；則，彼時；乃，於是
🖐 1ポンド，すなわち100ペンス。
一磅也就是100便士。

すばらしい（形）出色，很好
🖐 すばらしい映画ですから、見てみてください。
因為是很棒的電影，不妨看看。

丁寧形 すばらしいです　　ない形 すばらしくない　　た形 すばらしかった

スプーン【spoon】（名）湯匙
🖐 スプーンを10本ぐらい持ってきてください。
請拿十根左右的湯匙來。

すべて【全て】（名・副）全部，一切，通通；總計，共計
🖐 すべての仕事を今日中には、やりきれません。
我無法在今天内做完所有工作。

すべる（自下一）滑（倒）；滑動
🖐 この道は、雨の日はすべるらしい。
這條路，下雨天好像很滑。

ます形 すべます　　ない形 すべない　　た形 すべた

スポーツ【sports】（名）運動；運動比賽；遊戲
🖐 私が下手なのは、スポーツです。
我不擅長的就是運動。

ズボン【（法）jupon】（名）西裝褲
🖐 ズボンを短くしました。
將褲子裁短了。

すまい【住まい】（名）居住；住處，寓所；地址
電話番号どころか、住まいもまだ決まっていません。
別說是電話號碼，就連住的地方都還沒決定。

すみ【隅】（名）角落
部屋の隅まで掃除してさしあげた。
連房間的角落都幫你打掃好了。

すみません（寒暄）（道歉用語）對不起，抱歉；謝謝
すみません。100円だけ貸してください。
對不起，只要借我100日圓就好。

すむ【住む】（自五）住，居住；（動物）棲息，生存
留学生たちは、ここに住んでいます。
留學生們住在這裡。

| ます形 住みます | ない形 住まない | た形 住んだ |

すむ【済む】（自五）結束；了結；湊合
仕事が済むと、彼はいつも飲みに行く。
工作一結束，他總會去喝一杯。

| ます形 済みます | ない形 済まない | た形 済んだ |

すり（名）扒手
すりに財布を盗まれたようです。
錢包好像被扒手扒走了。

スリッパ【slipper】（名）拖鞋
家の中では、スリッパをはきます。
在家裡穿拖鞋。

する（他サ）做，進行；充當（某職）
仕事をしているから、忙しいです。
在工作所以很忙。

| ます形 します | ない形 しない | た形 した |

ずるい（形）狡猾，奸詐，耍滑頭，花言巧語

✍ 勝負するときには、絶対ずるいことをしないことだ。

　決勝負時，千萬不可以耍詐。

丁寧形 ずるいです	ない形 ずるくない	た形 ずるかった

すると（接）於是；這樣一來

✍ すると、あなたは明日学校に行かなければならないのですか。

　這樣一來，你明天不就得去學校了嗎？

するどい【鋭い】（形）尖的；（刀子）鋒利的；（視線）尖銳的；激烈；（頭腦）敏銳

✍ 彼の見方はとても鋭い。

　他見解真是一針見血。

丁寧形 鋭いです	ない形 鋭くない	た形 鋭かった

すわる【座る】（自五）坐，跪坐；居於某地

✍ どの椅子に座りますか。

　你要坐哪張椅子？

ます形 座ります	ない形 座らない	た形 座った

※動詞「た形」變化跟「て形」一樣。如：買う→買った、買って

せ【背】（名）身高，身材；背後，背脊；後方，背標

✍ 先生は、背が低いです。

　老師的個子很矮。

せい【製】（接尾）…製

✍ 先生がくださった時計は、スイス製だった。

　老師送我的手錶，是瑞士製的。

せい【性】（名・漢造）性別；性慾；性格，本性；（事物的）性質

✍ 近頃は、女性の社会進出が著しい。

　最近，女性就業的現象很顯著。

せいかく【性格】（名）（人的）性格，性情：（事物的）性質，特性
- それぞれの性格に応じて、適した職場を与える。
  依各人的個性，給予適合的工作環境。

せいかく【正確】（名・形動）正確，準確
- 事実を正確に記録する。
  將事實正確記錄下來。

丁寧形 正確です	ない形 正確ではない	た形 正確だった

せいかつ【生活】（名・自サ）生活：生計
- どんなところでも生活できます。
  我不管在哪裡都可以生活。

ます形 生活します	ない形 生活しない	た形 生活した

ぜいきん【税金】（名）税金，税款
- 税金の負担が重過ぎる。
  税金的負擔，實在是太重了。

せいこう【成功】（名・自サ）成功，成就，勝利：功成名就，成功立業
- まるで成功したかのような大騒ぎだった。
  簡直像是成功了一般狂歡大鬧。

ます形 成功します	ない形 成功しない	た形 成功した

せいじ【政治】（名）政治
- 政治のむずかしさについて話しました。
  談及了政治的難處。

せいしつ【性質】（名）性格，性情：（事物）性質，特性
- 磁石のプラスとマイナスは引っ張り合う性質があります。
  磁鐵的正極和負極，具有相吸的特性。

せいしょうねん【青少年】（名）青少年
- 青少年向きの映画を作るつもりだ。
  我打算拍一部適合青少年觀賞的電影。

せ

せいせき【成績】（名）成績，效果，成果

✐ 私はともかく、他の学生はみんな成績がいいです。

先不提我，其他的學生大家成績都很好。

せいぞう【製造】（名・他サ）製造，加工

✐ わが社では、一般向けの製品も製造しています。

我們公司，也有製造給一般大眾用的商品。

ます形 製造します	ない形 製造しない	た形 製造した

ぜいたく【贅沢】（名・形動）奢侈，奢華，浪費，鋪張；過份要求

✐ 生活が豊かなせいか、最近の子どもは贅沢です。

也許是因為生活富裕的關係，最近的小孩都很浪費。

丁寧形 贅沢です	ない形 贅沢ではない	た形 贅沢だった

せいちょう【成長】（名・自サ）（經濟、生產）成長，發展：（人、動物）生長，發育

✐ 子どもの成長が、楽しみでなりません。

孩子們的成長，真叫人期待。

ます形 成長します	ない形 成長しない	た形 成長した

せいと【生徒】（名）（中小學）學生

✐ 教室に、先生と生徒がいます。

教室裡有老師和學生。

せいど【制度】（名）制度：規定

✐ 制度は作ったものの、まだ問題点が多い。

雖說訂出了制度，但還是存留著許多問題點。

せいとう【政党】（名）政黨

✐ この政党は、支持するまいと決めた。

我決定不支持這個政黨了。

せいねん【青年】（名）青年，年輕人

✐ 彼は、なかなか感じのよい青年だ。

他是個令人覺得相當年輕有為的青年。

せいふ【政府】（名）政府；内閣，中央政府

✍ 政府も政府なら、国民も国民だ。

政府有政府的問題，國民也有國民的不對。

せいよう【西洋】（名）西洋，歐美

✍ 彼は、西洋文化を研究しているらしいです。

他好像在研究西洋文化。

せいり【整理】（名・他サ）整理

✍ 今、整理をしかけたところなので、まだ片付いていません。

現在才整理到一半，還沒開始收拾。

| ます形 整理します | ない形 整理しない | た形 整理した |

セーター【sweater】（名）毛衣

✍ どんなセーターが、好きですか。

你喜歡什麼樣的毛衣？

せかい【世界】（名）世界；天地

✍ 世界を知るために、たくさん旅行をした。

為了認識世界，常去旅行。

せき【席】（名）座位；職位

✍ 席につけ。

回位子坐好！

せきにん【責任】（名）責任，職責

✍ 責任者のくせに、逃げるつもりですか。

明明你就是負責人，還想要逃跑嗎？

せきゆ【石油】（名）石油

✍ 石油が値上がりしそうだ。

油價好像要上漲了。

せ

せっかく【折角】（名・副）特意地；好不容易；盡力，努力

☞ せっかく来たのに、先生に会えなくてどんなに残念だったことか。

特地來卻沒見到老師，真是可惜呀！

せっけん【石鹸】（名）香皂，肥皂

☞ 石鹸をつけて、体を洗いました。

抹香皂洗身體。

ぜったい【絶対】（名・副）絕對，無與倫比；堅絕，斷然，一定

☞ この本、読んでごらん、絶対に面白いよ。

建議你看這本書，一定很有趣喔。

せつび【設備】（名・他サ）設備，裝設，裝設

☞ 古い設備だらけだから、機械を買い替えなければなりません。

淨是些老舊的設備，所以得買新的機器來替換了。

ます形 設備します	ない形 設備しない	た形 設備した

せつめい【説明】（名・自他サ）說明，解釋

☞ 後で説明をするつもりです。

我打算稍後再說明。

ます形 説明します	ない形 説明しない	た形 説明した

せなか【背中】（名）背部，背面

☞ 背中も痛いし、足も疲れました。

背也痛，腳也酸了。

ぜひ（副・名）務必；好與壞

☞ あなたの作品をぜひ読ませてください。

請務必讓我拜讀您的作品。

せびろ【背広】（名）（男子穿的）西裝

☞ この背広は、どうですか。

這件西裝如何？

せまい【狭い】（形）狹窄，狹小，狹隘
☞ そちらの<ruby>道<rt>みち</rt></ruby>は<ruby>狭<rt>せま</rt></ruby>いです。
那邊的路很窄。

丁寧形 狭いです	ない形 狭くない	た形 狭かった

せめる【攻める】（他下一）攻，攻打
☞ <ruby>城<rt>しろ</rt></ruby>を<ruby>攻<rt>せ</rt></ruby>める。
攻打城堡。

ます形 攻めます	ない形 攻めない	た形 攻めた

せめる【責める】（他下一）責備，責問；苛責，折磨，摧殘；嚴加催討；馴服馬匹
☞ そんなに<ruby>自分<rt>じぶん</rt></ruby>を<ruby>責<rt>せ</rt></ruby>めるべきではない。
你不應該那麼的自責。

ます形 責めます	ない形 責めない	た形 責めた

ゼロ【（法）zero】（名）（數）零；沒有
☞ ゼロから<ruby>始<rt>はじ</rt></ruby>めて、ここまでがんばった。
從零開始努力到現在。

せわ【世話】（名・他サ）照顧，照料
☞ <ruby>子<rt>こ</rt></ruby>どもの<ruby>世話<rt>せわ</rt></ruby>をするために、<ruby>仕事<rt>しごと</rt></ruby>をやめた。
為了照顧小孩，辭去了工作。

ます形 世話します	ない形 世話しない	た形 世話した

せん【千】（名）（一）千：形容數量之多
☞ <ruby>五<rt>いつ</rt></ruby>つで1000<ruby>円<rt>えん</rt></ruby>です。
五個共一千日圓。

せん【線】（名）線
☞ <ruby>先生<rt>せんせい</rt></ruby>は、<ruby>間違<rt>まちが</rt></ruby>っている<ruby>言葉<rt>ことば</rt></ruby>を<ruby>線<rt>せん</rt></ruby>で<ruby>消<rt>け</rt></ruby>すように<ruby>言<rt>い</rt></ruby>いました。
老師說錯誤的字彙要劃線去掉。

せんげつ【先月】（名）上個月
☞ <ruby>先月<rt>せんげつ</rt></ruby>の<ruby>旅行<rt>りょこう</rt></ruby>は、いかがでしたか。
上個月的旅行好玩嗎？

せ

ぜんこく【全国】（名）全國

✏ このラーメン屋は、全国でいちばんおいしいと言われている。

這家拉麵店，號稱全國第一美味。

せんしゅ【選手】（名）選拔出來的人；選手，運動員

✏ 有名な野球選手。

有名的棒球選手。

せんしゅう【先週】（名）上個星期，上週

✏ 先週は、どこへ行きましたか。

上個星期你去了哪裡？

せんせい【先生】（名）老師，師傅；醫生，大夫；（對高職位者的敬稱）；關愛

✏ 先生の家に行った時、皆で歌を歌いました。

去老師家時，大家一同唱了歌。

ぜんぜん（副）完全不…，一點也不…（接否定）

✏ ぜんぜん勉強したくないのです。

我一點也不想唸書。

せんそう【戦争】（名・自サ）戰爭

✏ いつの時代でも、戦争はなくならない。

不管是哪個時代，戰爭都不會消失的。

ます形 戦争します	ない形 戦争しない	た形 戦争した

ぜんたい【全体】（名・副）全身，整個身體；全體，總體；根本，本來；究竟，到底

✏ 工場全体で、何平方メートルありますか。

工廠全部共有多少平方公尺？

せんたく【洗濯】（名・他サ）洗衣服，清洗，洗滌

✏ 洗濯から掃除まで、全部やりました。

從清洗到打掃全部包辦。

ます形 洗濯します	ない形 洗濯しない	た形 洗濯した

せんたく【選択】（名・他サ）選擇，挑選

この中から一つ選択するとすれば、私は赤いのを選びます。
如果要我從中選一，我會選紅色的。

ます形 選択します　　ない形 選択しない　　た形 選択した

せんぱい【先輩】（名）學姐，學長；老前輩

先輩は、フランスに留学に行かれた。
學長去法國留學了。

ぜんぶ【全部】（名）全部，總共

全部で、いくつですか。
全部一共有幾個？

せんもん【専門】（名）攻讀科系

来週までに、専門を決めろよ。
下星期前，要決定攻讀的科系唷。

[**そッ**] T41

※動詞「た形」變化跟「て形」一樣。如：買う→買った、買って

そう（感・副）（回答）是；那樣地，那麼

そうです。これが私ので、それがあなたのです。
是的。這是我的，那是你的。

そうじ【掃除】（名・他サ）打掃，清掃；清除（毒害）

私は、部屋を掃除します。
我打掃房間。

ます形 掃除します　　ない形 掃除しない　　た形 掃除した

そうして・そして（接續）然後，而且；於是；以及

ハワイに行きたいです。そして、泳ぎたいです。
我想去夏威夷，然後我想游泳。

そうぞう【想像】（名・他サ）想像

✒ そんなひどい状況は、想像し得ない。

那種慘狀，真叫人無法想像。

ます形 想像します　　　　ない形 想像しない　　　　た形 想像した

そうだん【相談】（名・自他サ）商量，商談

✒ なんでも相談してください。

什麼都可以找我商量。

ます形 相談します　　　　ない形 相談しない　　　　た形 相談した

そこ（代）那裡，那邊；那時；那一點

✒ そこはどんな所ですか。

那是個什麼樣的地方？

そこ【底】（名）底，底子；最低處，限度；底層，深處；邊際，極限

✒ 海の底までもぐったら、きれいな魚がいた。

我潛到海底，看見了美麗的魚兒。

そこで（接續）因此，所以；（轉換話題時）那麼，下面，於是

✒ そこで、私は思い切って意見を言いました。

於是，我就直接了當地說出了我的看法。

そしき【組織】（名・他サ）組織，組成；構造，構成；（生）組織；系統，體系

✒ 一つの組織に入る上は、真面目に努力をするべきです。

既然加入組織，就得認真努力才行。

ます形 組織します　　　　ない形 組織しない　　　　た形 組織した

そだつ【育つ】（自五）成長，長大，發育

✒ 子どもたちは、元気に育っています。

孩子們健康地成長著。

ます形 育ちます　　　　ない形 育たない　　　　た形 育った

そだてる【育てる】（他下一）撫育，培植；培養

✒ 蘭は育てにくいです。

蘭花很難培植。

ます形 育てます　　　　ない形 育てない　　　　た形 育てた

そちら（代）那兒，那裡；那位，那個；府上，貴處

✍ そちらは、どなたですか。

　那位是什麼人物？

そつぎょう【卒業】（名・他サ）畢業

✍ いつか卒業できるでしょう。

　總有一天會畢業的。

ます形 卒業します　　　　　　ない形 卒業しない　　　　　た形 卒業した

そと【外】（名）外面，外邊；自家以外；戶外

✍ 窓から外を見ながら、考えた。

　望著窗外想事情。

その（連語）那…，那個…

✍ その家には、だれか住んでいます。

　好像有人住在那棟房子裡。

そば（名）旁邊，側邊；附近

✍ 私のそばにいてください。

　請留在我身邊。

そふ【祖父】（名）爺爺，外公

✍ 祖父はずっとその会社で働いてきました。

　祖父一直在那家公司工作到現在。

そぼ【祖母】（名）奶奶，外婆

✍ 祖母は、いつもお菓子をくれる。

　奶奶常給我糖果。

そら【空】（名）天空，空中；天氣；（遠離的）地方，（旅行的）途中

✍ 空はまだ明るいです。

　天色還很亮。

そる【剃る】（他五）剃（頭），刮（臉）

ひげを剃^そってからでかけます。

我刮了鬍子之後便出門。

ます形 **剃ります**	ない形 **剃らない**	た形 **剃った**

それ（代）那，那個；那時，那裡；那樣

これが終^おわったあとで、それをやります。

做完這個之後再做那個。

それから（接續）之後，然後；其次，還有；（催促對方談話時）後來怎樣

雑誌^{ざっし}を買^かいました。それから、辞書^{じしょ}も買^かいました。

買了雜誌，然後也買了字典。

それぞれ（副）每個（人），分別，各自

同^{おな}じテーマをもとに、それぞれの作家^{さっか}が小説^{しょうせつ}を書^かいた。

各個不同的作家都在同一個主題下寫了小說。

それで（接）因此；後來

それで、いつまでに終^おわりますか。

那麼，什麼時候結束呢？

それでは（接續）如果那樣，要是這樣的話；那麼，那麼說

それでは、もっと大^{おお}きいのはいかがですか。

那麼，再大一點的如何？

それとも（接）或著，還是

女^{おんな}か、それとも男^{おとこ}か。

是女的還是男的。

それに（接）而且，再者

その映画^{えいが}は面白^{おもしろ}いし、それに歴史^{れきし}の勉強^{べんきょう}にもなる。

這電影不僅有趣，又能從中學到歷史。

それはいけませんね（寒喧）那可不行

☞ それはいけませんね。薬を飲んでみたらどうですか。

那可不行啊！是不是吃個藥比較好？

それほど（副）那麼地

☞ 映画が、それほど面白くなくてもかまいません。

電影不怎麼有趣也沒關係。

そろう【揃う】（自五）備齊，成套；一致，（全部）一様；（人）到齊

☞ クラス全員が揃いっこありませんよ。

不可能全班都到齊的啦！

ます形 揃います	ない形 揃わない	た形 揃った

そろえる【揃える】（他下一）使…備齊；使…一致

☞ 必要なものを揃えてからでなければ、出発できません。

如果沒有備齊必需品，就沒有辦法出發。

ます形 揃えます	ない形 揃えない	た形 揃えた

そろそろ（副）快要；緩慢

☞ そろそろ2時でございます。

快要兩點了。

そん【損】（名・自サ・形動・漢造）虧損，賠錢；吃虧，不划算

☞ その株を買っても、損はするまい。

即使買那個股票，也不會有什麼損失吧！

ます形 損します	ない形 損しない	た形 損した

そんざい【存在】（名・自サ）存在，有；人物，存在的事物

☞ 宇宙人は、存在し得ると思いますか。

你認為外星人有存在的可能嗎？

ます形 存在します	ない形 存在しない	た形 存在した

そんなに（連體）那麼

☞ そんなに見たいなら、見せてさしあげますよ。

那麼想看的話，就給你看吧！

[た タ]

※動詞「た形」變化跟「て形」一樣。如：買う→買った、買って

た【田】（名）田地：水稻，水田
- 家族みんなで田に出て働いている。
  家裡所有人都到田裡工作去了。

だい【台】（接尾）…台，…輛，…架
- ドイツの自動車を2台買いました。
  買了兩台德國車。

だい【代】（接尾）（年齡範圍）…多歲
- この服は、30代とか40代とかの人のために作られました。
  這件衣服是為三、四十多歲的人做的。

たいいん【退院】（名・自サ）出院
- 彼が退院するのはいつだい。
  他什麼時候出院的？

ます形 退院します	ない形 退院しない	た形 退院した

だいがく【大学】（名）大學
- 大学の先生という仕事は、大変です。
  大學老師的工作相當辛苦。

だいがくせい【大学生】（名）大學生
- 鈴木さんの息子は、大学生だと思う。
  我想鈴木先生的兒子，應該是大學生了。

たいし【大使】（名）大使
- 彼は在フランス大使に任命された。
  他被任命為駐法的大使。

だいじ【大事】（形動）保重；重要

健康の大事さを知りました。

領悟到健康的重要性。

丁寧形 **大事です**　　　ない形 **大事ではない**　　　た形 **大事だった**

たいしかん【大使館】（名）大使館

来週大使館へ行きます。

下週到大使館去。

たいして【大して】（副）（一般下接否定語）並不太…，並不怎麼

この本は大して面白くない。

這本書不怎麼有趣。

だいじょうぶ【大丈夫】（形動）牢固，可靠；安全，放心；沒問題，沒關係

ちょっと熱がありますが、大丈夫です。

有點發燒，但沒關係。

丁寧形 **大丈夫です**　　　ない形 **大丈夫ではない**　　　た形 **大丈夫だった**

だいじん【大臣】（名）（政府）部長，大臣

大臣のくせに、真面目に仕事をしていない。

明明是大臣卻沒有認真在工作。

だいすき【大好き】（形動）非常喜歡，最喜好

私は、お酒も大好きです。

我也很喜歡酒。

丁寧形 **大好きです**　　　ない形 **大好きではない**　　　た形 **大好きだった**

たいする【対する】（自サ）面對，面向；關於；對立，對比；對待，招待

自分の部下に対しては、厳しくなりがちだ。

對自己的部下，總是比較嚴格。

ます形 **対します**　　　ない形 **対さない**　　　た形 **対した**

たいせつ【大切】（形動）重要，重視；心愛，珍惜

私の大切なものは、あれではありません。

我所珍惜的不是那個。

丁寧形 **大切です**　　　ない形 **大切ではない**　　　た形 **大切だった**

たいそう【体操】（名）體操；體育課

☞ 毎朝公園で体操をしている。
まいあさこうえん　たいそう

每天早上在公園裡做體操。

だいたい（副）大部分；大致；大概

☞ 練習して、この曲はだいたい弾けるようになった。
れんしゅう　　　　　　　きょく　　　　　　　ひ

練習以後，大致會彈這首曲子了。

たいてい【大抵】（副）大體，差不多；（下接推量）大概，多半；（接否定）一般，普通

☞ 夜はたいてい、テレビを見ながらご飯を食べます。
よる　　　　　　　　　　　み　　　　　はん　た

晚上大致上都邊看電視邊吃飯。

たいど【態度】（名）態度，表現；舉止，神情，作風

☞ 君の態度には、先生でさえ怒っていたよ。
きみ　たい ど　　　　せんせい　　　　おこ

對於你的態度，就算是老師也會生氣喔。

だいどころ【台所】（名）廚房；家庭的經濟狀況

☞ 台所で料理を作ります。
だいどころ　りょうり　つく

在廚房做料理。

だいひょう【代表】（名・他サ）代表

☞ パーティーを始めるにあたって、皆を代表して乾杯の音頭をとった。
はじ　　　　　　　　みんな　だいひょう　　　かんぱい　おん ど

派對要開始時，我帶頭向大家乾杯。

ます形 代表します	ない形 代表しない	た形 代表した

タイプ【type】（名）款式；類型；打字

☞ 私はこのタイプのパソコンにします。
わたし

我要這種款式的電腦。

だいぶ（副）相當地，非常

☞ だいぶ元気になりましたから、もう薬を飲まなくてもいいです。
げん き　　　　　　　　　　　　くすり　の

已經好很多了，所以不吃藥也沒關係的。

たいふう【台風】（名）颱風

☞台風が来て、風が吹きはじめた。

颱風來了，開始刮起風了。

たいへん【大変】（形動・副）重大，不得了；非常

☞病気になって、たいへんだった。

生了病很難受。

丁寧形 大変です	ない形 大変ではない	た形 大変だった

たいよう【太陽】（名）太陽

☞太陽が高くなるにつれて、暑くなった。

隨著太陽升起，天氣變得更熱了。

たおす【倒す】（他五）倒，推倒；推翻；毀壞；擊敗；殺死；不還債

☞木を倒す。

砍倒樹木。

ます形 倒します	ない形 倒さない	た形 倒した

たおれる【倒れる】（自下一）倒下；垮台；死亡

☞倒れにくい建物を作りました。

蓋了一棟不容易倒塌的建築物。

ます形 倒れます	ない形 倒れない	た形 倒れた

たかい【高い】（形）高的；高；高尚；（價錢）貴

☞肉は、高い方がおいしいです。

肉類的話，貴一點的比較好吃。

丁寧形 高いです	ない形 高くない	た形 高かった

たがい【互い】（名）互相，彼此；雙方；彼此相同

☞けんかばかりしていても、互いに嫌っているわけでもない。

就算老是吵架，但也並不代表彼此互相討厭。

だから（接續）所以；因此

☞明日はテストです。だから、今準備しているところです。

明天考試。所以，現在正在準備。

たく【炊く】（他五）點火，燒著；燃燒；煮飯，燒菜

✐ ご飯は炊いてあったっけ。

　我煮飯了嗎？

ます形 炊きます	ない形 炊かない	た形 炊いた

だく【抱く】（他五）抱；孵卵；心懷，懷抱

✐ 赤ちゃんを抱いている人は誰ですか。

　那位抱著小嬰兒的是誰？

ます形 抱きます	ない形 抱かない	た形 抱いた

たくさん（副・形動）很多，大量；足夠，不再需要

✐ 雪がたくさん降ります。

　下了很多雪。

丁寧形 たくさんです	ない形 たくさんではない	た形 たくさんだった

タクシー【taxi】（名）計程車

✐ 渋谷で、タクシーに乗ってください。

　請在澀谷搭計程車。

たしか【確か】（副）確實，可靠；大概；（過去的事不太記得）大概，也許

✐ 確か、彼もそんな話をしていました。

　他確實也說了那樣的話。

たしかめる【確かめる】（他下一）查明，確認

✐ 彼に説明してもらって、事実を確かめることができました。

　因為有他的說明，所以真相才能大白。

ます形 確かめます	ない形 確かめない	た形 確かめた

たす【足す】（他五）補足；增加

✐ 数字を足していくと、全部で100になる。

　數字加起來，總共是一百。

ます形 足します	ない形 足さない	た形 足した

だす【出す】（他五）拿出，取出；伸出，探出；寄

✐ 夏の服が出してあります。

　夏季的衣服已經拿出來了。

ます形 出します	ない形 出さない	た形 出した

だす（接尾）開始…

✐ うちに着くと、雨が降りだした。

一到家，便開始下起雨來了。

たすける【助ける】（他下一）幫助，援助；救，救助；輔佐；救濟，資助

✐ おぼれかかった人を助ける。

救起了差點溺水的人。

ます形 助けます	ない形 助けない	た形 助けた

たずねる【訪ねる】（他下一）拜訪，訪問

✐ 最近は、先生を訪ねることが少なくなりました。

最近比較少去拜訪老師。

ます形 訪ねます	ない形 訪ねない	た形 訪ねた

たずねる【尋ねる】（他下一）問，打聽；尋問

✐ 彼に尋ねたけれど、わからなかったのです。

去請教過他了，但他不知道。

ます形 尋ねます	ない形 尋ねない	た形 尋ねた

ただ（名・副・接）免費；普通，平凡；只是，僅僅；（對前面的話做出否定）但是，不過

✐ ただでもらっていいんですか。

可以免費索取嗎？

ただいま（副）馬上，剛才；我回來了

✐ ただいまお茶をお出しいたします。

我馬上就端茶過來。

たたかう【戦う】（自五）（進行）作戰，戰爭；鬥爭；競賽

✐ 勝敗はともかく、私は最後まで戦います。

姑且不論勝敗，我會奮戰到底。

ます形 戦います	ない形 戦わない	た形 戦った

ただしい【正しい】（形）正確；端正

✐ 私の意見が正しいかどうか、教えてください。

請告訴我，我的意見是否正確。

丁寧形 正しいです	ない形 正しくない	た形 正しかった

た

たたみ【畳】（名）榻榻米

✎ このうちは、畳の匂いがします。

這屋子散發著榻榻米的味道。

たたむ【畳む】（他五）疊，折；關，闔上；關閉，結束；藏在心裡

✎ 布団を畳む。

折棉被。

| ます形 畳みます | ない形 畳まない | た形 畳んだ |

たち【達】（接尾）（表示人的複數）…們，…等

✎ 子どもたちは、いつ帰ってきますか。

孩子們什時候會回來？

たちば【立場】（名）立腳點，站立的場所；處境；立場，觀點

✎ お互い立場は違うにしても、助け合うことはできます。

即使彼此立場不同，也還是可以互相幫忙。

たつ【立つ】（自五）站立；冒，升；出發

✎ 父は、立ったり座ったりしている。

爸爸時而站著時而坐著。

| ます形 立ちます | ない形 立たない | た形 立った |

たつ【建つ】（自五）蓋，建

✎ 新居が建つ。

蓋新屋。

| ます形 建ちます | ない形 建たない | た形 建った |

たて【縦】（名）豎，縱；長

✎ 縦3センチ、横2センチの写真を用意してください。

請準備長三公分，寬兩公分的照片。

たてもの【建物】（名）建築物，房屋

✎ どれが、大学の建物ですか。

哪一棟是大學的建築物？

た

たてる【立てる】（他下一）立起；訂立

🖉 自分で勉強の計画を立てることになっています。

要我自己訂定讀書計畫。

ます形 立てます　　　　　　　ない形 立てない　　　　　た形 立てた

たてる【建てる】（他下一）建造，蓋

🖉 こんな家を建てたいと思います。

我想蓋這樣的房子。

ます形 建てます　　　　　　　ない形 建てない　　　　　た形 建てた

たとえば【例えば】（副）例如

🖉 例えば、こんなふうにしたらどうですか。

例如像這樣擺可以嗎？

たな【棚】（名）架子，棚架

🖉 棚を作って、本を置けるようにした。

作了架子，以便放書。

たに【谷】（名）山谷，山澗，山洞

🖉 深い谷が続いている。

深谷綿延不斷。

たにん【他人】（名）別人，他人；（無血緣的）陌生人，外人；局外人

🖉 他人のことなど、考えている暇はない。

我沒那閒暇時間去管別人的事。

たね【種】（名）（植物的）種子，果核；（動物的）品種；起因

🖉 庭に花の種をまきました。

我在庭院裡灑下了花的種子。

たのしい【楽しい】（形）快樂，愉快，高興

🖉 みんなで楽しく遊びました。

大家一起玩得很愉快。

丁寧形 楽しいです　　　　　　ない形 楽しくない　　　　　た形 楽しかった

たのしみ【楽しみ】（名）期待，快樂
みんなに会えることを楽しみにしています。

我很期待與大家見面！

たのむ【頼む】（他五）請求，要求；委託，託付；依靠；點（菜等）
コーヒーを頼んだあとで、紅茶が飲みたくなった。

點了咖啡後卻想喝紅茶。

ます形 頼みます	ない形 頼まない	た形 頼んだ

たば【束】（名）把，捆
花束をたくさんもらいました。

我收到了很多花束。

たばこ【煙草】（名）香煙；煙草
彼女がきらいなのは、煙草を吸う人です。

她討厭的是抽煙的人。

たび【旅】（名・他サ）旅行，遠行
旅が趣味だと言うだけあって、あの人は外国に詳しい。

不愧是以旅遊為興趣，那個人對外國真清楚。

ます形 旅します	ない形 旅しない	た形 旅した

たびたび【度々】（副）屢次，常常，再三
彼には、電車の中で度々会います。

我常常在電車裡碰到他。

たぶん【多分】（副）大概，或許；恐怕
たぶん、どこへも遊びに行かないでしょう。

大概不會去任何地方玩了吧！

たべもの【食べ物】（名）食物，吃的東西
私の好きな食べ物は、バナナです。

我喜歡的食物是香蕉。

たべる【食べる】（他下一）吃，喝；生活

✐ ご飯をあまり食べたくないです。
不太想吃飯。

ます形 食べます　　　　　　ない形 食べない　　　　　た形 食べた

たまご【卵】（名）蛋，卵；鴨蛋，雞蛋；未成熟者，幼雛

✐ 卵をあまり食べないでください。
蛋請不要吃太多。

たまに（副）偶爾

✐ たまに祖父の家に行かなければならない。
偶爾得去祖父家才行。

たまる【溜まる】（自五）事情積壓；積存，停滯

✐ 最近、ストレスが溜まっている。
最近累積了不少壓力。

ます形 溜まります　　　　　ない形 溜まらない　　　　た形 溜まった

ため（名）（表目的）為了；（表原因）因為

✐ あなたのために買ってきたのに、食べないの。
這是特地為你買的，你不吃嗎？

だめ（形動）不行；沒用；無用

✐ そんなことをしたらだめです。
不可以做那樣的事。

丁寧形 だめです　　　　　　ない形 だめではない　　　　た形 だめだった

ためす【試す】（他五）試，試驗，試試

✐ 体力の限界を試す。
考驗體能的極限。

ます形 試します　　　　　　ない形 試さない　　　　　た形 試した

ためる【溜める】（他下一）積，存，蓄；積壓，停滯

✐ 記念切手を溜めています。
我在收集紀念郵票。

ます形 溜めます　　　　　　ない形 溜めない　　　　　た形 溜めた

た

たよる【頼る】（自他五）依靠，依賴；投靠

あなたなら、誰にも頼ることなく仕事をやっていくでしょう。

如果是你的話，工作不靠任何人也能進行吧！

| ます形 頼ります | ない形 頼らない | た形 頼った |

たりる【足りる】（自上一）足夠；可湊合

1万円あれば、足りるはずだ。

如果有一萬日圓，應該是夠的。

| ます形 足ります | ない形 足りない | た形 足りた |

だれ【誰】（代）誰，哪位

誰か来ましたか。

有誰來過嗎？

たんご【単語】（名）單詞，單字

英語を勉強するにつれて、単語が増えてきた。

隨著英語的學習愈久，單字的量也愈多了。

たんじょう【誕生】（名・自サ）誕生，出生；成立，創立，創辦

子どもが誕生したのを契機に、煙草をやめた。

趁孩子出生戒了煙。

| ます形 誕生します | ない形 誕生しない | た形 誕生した |

たんじょうび【誕生日】（名）生日

今日は、どなたの誕生日ですか。

今天是哪位生日？

たんす（名）衣櫥，衣櫃，五斗櫃

服をたたんで、たんすにしまった。

折完衣服後收入衣櫃裡。

だんせい【男性】（名）男性

そこにいる男性が、私たちの先生です。

那裡的那位男性，是我們的老師。

だんたい【団体】（名）團體，集體
- レストランに団体で予約を入れた。
  我用團體的名義預約了餐廳。

だんだん【段々】（副）漸漸地
- 音がだんだん大きくなりました。
  聲音逐漸變大了。

だんぼう【暖房】（名）暖氣
- 暖かいから、暖房をつけなくてもいいです。
  很溫暖的，所以不開冷氣也無所謂。

[ちチ]

●T45

ち

※動詞「た形」變化跟「て形」一樣。如：買う→買った、買って

ち【血】（名）血；血緣
- 傷口から血が流れつづけている。
  血一直從傷口流出來。

ちいさい【小さい】（形）小的；微少，輕微；幼小的；瑣碎，繁雜
- 小さいのがほしいです。
  我想要小的。

丁寧形 小さいです	ない形 小さくない	た形 小さかった

ちいさな【小さな】（連體）小的；年齡幼小
- あの人は、いつも小さなプレゼントをくださる。
  那個人常送我小禮物。

ちかい【近い】（形）（距離、時間）近，接近；（血統、關係）親密；相似
- 学校は、遠いですか。近いですか。
  學校是遠？還是近？

丁寧形 近いです	ない形 近くない	た形 近かった

ちがい【違い】（名）不同，差別，區別；差錯，錯誤

✎ 値段に違いがあるにしても、価値は同じです。

就算價錢有差，它們倆的價值還是一樣的。

ちがう【違う】（自五）不同；錯誤；違反，不符

✎ 東京の言葉と大阪の言葉は、少し違います。

東京和大阪的用語有點不同。

ます形 違います	ない形 違わない	た形 違った

ちかく【近く】（名）附近，近旁；（時間上）近期，靠近；將近

✎ 家の近くで、自転車を降りる。

在家附近停下腳踏車。

ちかづく【近づく】（自五）臨近，靠近；接近，交往；幾乎，近似

✎ 彼は、政界の大物に近づきたくてならないのだ。

他非常想接近政界的大人物。

ます形 近づきます	ない形 近づかない	た形 近づいた

ちかてつ【地下鉄】（名）地下鐵

✎ それは、地下鉄の駅です。

那是地下鐵的車站。

ちかよる【近寄る】（自五）走進，靠近，接近

✎ あんなに危ない場所には、近寄れっこない。

那麼危險的地方不可能靠近的。

ます形 近寄ります	ない形 近寄らない	た形 近寄った

ちから【力】（名）力氣；能力

✎ この会社では、力を出しにくい。

在這公司難以發揮實力。

ちしき【知識】（名）知識

✎ 知識が増えるに伴って、いろいろなことが理解できるようになりました。

隨著知識的增長，能夠理解的事情也愈來愈多。

ちず【地図】（名）地圖

📝 地図を見ながら、散歩をしました。

　　邊看地圖邊散步。

ちち【父】（名）家父，爸爸，父親

📝 それは父のです。

　　那是爸爸的。

ちっとも（副）一點也不…

📝 お菓子ばかり食べて、ちっとも野菜を食べない。

　　光吃甜點，青菜一點也不吃。

ちほう【地方】（名）地方，地區：（相對首都與大城市而言的）地方，外地

📝 私は東北地方の出身です。

　　我的籍貫是東北地區。

ちゃいろ【茶色】（名）茶色

📝 茶色のセーターを着ている人は、どなたですか。

　　穿著茶色毛衣的人是哪位？

ちゃわん【茶碗】（名）茶杯，飯碗

📝 どれがあなたの茶碗ですか。

　　哪一個是你的茶杯？

ちゃん（接尾）（表親暱稱謂）小…

📝 まいちゃんは、何にする。

　　小舞，你要什麼？

ちゃんと（副）端正地，規矩地：按期，如期：整潔，整齊：的確

📝 目上の人には、ちゃんと挨拶するものだ。

　　對長輩應當要確實問好。

ちゅう【中】（名・接尾・漢造）中央，當中；中間；中等；…之中；正在…當中

✏️ 仕事中にしろ、電話ぐらい取りなさいよ。

即使在工作，至少也接一下電話呀！

ちゅうい【注意】（名・自サ）注意，小心

✏️ 車にご注意ください。

請注意車輛！

| ます形 注意します | ない形 注意しない | た形 注意した |

ちゅうおう【中央】（名）中心，正中；中心，中樞；中央，首都

✏️ 部屋の中央に花を飾った。

我在房間的中間擺飾了花。

ちゅうがっこう【中学校】（名）中學

✏️ 私は、中学校でテニスの試合に出たことがあります。

我在中學曾參加過網球比賽。

ちゅうし【中止】（名・他サ）中止，停止，中斷

✏️ パーティーは中止したきりで、その後やっていない。

自從派對中止後，就沒有再舉辦過。

| ます形 中止します | ない形 中止しない | た形 中止した |

ちゅうしゃ【注射】（名・他サ）打針

✏️ お医者さんに、注射していただきました。

醫生幫我打了針。

| ます形 注射します | ない形 注射しない | た形 注射した |

ちゅうしゃじょう【駐車場】（名）停車場

✏️ 駐車場に行くと、車がなかった。

一到停車場，發現車子不見了。

ちゅうしん【中心】（名）中心，當中；中心，重點，焦點；中心地，中心人物

✏️ Aを中心とする円を描きなさい。

請以A為中心畫一個圓圈。

ちゅうもん【注文】（名・他サ）點餐，訂購；希望

✏ さんざん迷ったあげく、カレーライスを注文しました。

再三地猶豫之後，最後竟點了個咖哩飯。

ます形 注文します　　　　ない形 注文しない　　　　た形 注文した

ちょうし【調子】（名）（音樂）調子，音調；聲調，口氣；格調；情況

✏ 年のせいか、からだの調子が悪い。

不知道是不是上了年紀的關係，身體健康亮起紅燈了。

ちょうしょ【長所】（名）長處，優點

✏ だれにでも、長所があるものだ。

不論是誰，都會有優點的。

ちょうど【丁度】（副）剛好，正好；正，整；剛剛

✏ ちょうどテレビを見ていたとき、誰かが来た。

正在看電視時，剛好有人來了。

ちょうめ【丁目】（結尾）（街巷區劃單位）段，巷

✏ 銀座4丁目に住んでいる。

我住在銀座四段。

ちょきん【貯金】（名・自他サ）存款，儲蓄

✏ 毎月決まった額を貯金する。

每個月都定額存錢。

ます形 貯金します　　　　ない形 貯金しない　　　　た形 貯金した

ちょくせつ【直接】（名・副・形動）直接

✏ 関係者が直接話し合ったことから、事件の真相がはっきりした。

我直接問過相關的人，因此，案件真相大白了。

丁寧形 直接です　　　　ない形 直接ではない　　　　た形 直接だった

ちょっと（副）稍微，一點；一下子，暫且；（下接否定）不太…

✏ ちょっとしかありませんよ。

只有一點點而已。

ちり【地理】（名）地理

✐ 私は、日本の地理とか歴史とかについてあまり知りません。

　我對日本地理或歷史不甚了解。

ちる【散る】（自五）凋謝，散漫，落；離散，分散；遍佈

✐ 桜が散って、このへんは花びらだらけです。

　櫻花飄落，這一帶便落滿了花瓣。

ます形 散ります	ない形 散らない	た形 散った

［ つッ ］

※動詞「た形」變化跟「て形」一樣。如：買う→買った、買って

ついたち【一日】（名）初一，（每月）一日，朔日

✐ 一日から三日まで、旅行に行きます。

　初一到初三要去旅行。

ついで（名）順便，就便；順序，次序

✐ 出かけるなら、ついでに卵を買ってきて。

　你如果要出門，就順便幫我買蛋回來吧。

ついに【遂に】（副）前終於；直到最後

✐ 橋の建設はついに完成した。

　造橋終於完成了。

つうか【通過】（名・自サ）通過，經過；（電車等）駛過；（議案、考試等）通過

✐ 特急電車が通過します。

　特快車即將過站。

ます形 通過します	ない形 通過しない	た形 通過した

つうがく【通学】（名・自サ）上學

✐ 通学のたびに、この道を通ります。

　每次要去上學時，都會走這條路。

ます形 通学します	ない形 通学しない	た形 通学した

つかう【使う】（他五）使用：雇傭：花費，消費

☞ どうぞ、その辞書を使ってください。

請用那本辭典。

ます形 使います	ない形 使わない	た形 使った

つかまえる【捕まえる】（他下一）逮捕，抓：握住

☞ 彼が泥棒ならば、捕まえなければならない。

如果他是小偷，就非逮捕不可。

ます形 捕まえます	ない形 捕まえない	た形 捕まえた

つかむ【掴む】（他五）抓，抓住，揪住，握住：掌握到，瞭解到

☞ 誰にも頼らないで、自分で成功を掴むほかない。

只能不依賴任何人，靠自己去掌握成功。

ます形 掴みます	ない形 掴まない	た形 掴んだ

つかれる【疲れる】（自下一）疲倦，疲勞：（變）陳舊，（性能）減低

☞ 練習で疲れました。

因為練習而感到疲勞。

ます形 疲れます	ない形 疲れない	た形 疲れた

つき【月】（名）月亮：一個月

☞ 今日は、月がきれいです。

今天的月亮很漂亮。

つぎ【次】（名）下次，下回，接下來：（席位、等級等）第二

☞ 次のテストは、大丈夫でしょう。

下次的考試應該沒問題吧！

つく（自五）點上，（火）點著

☞ あの家は、夜も電気がついたままだ。

那戶人家，夜裡燈也照樣點著。

ます形 つきます	ない形 つかない	た形 ついた

つく【着く】（自五）到，到達，抵達：寄到：達到

☞ 駅に着きました。

抵達車站了。

ます形 着きます	ない形 着かない	た形 着いた

165

つく【付く】（自五）附著，沾上；長，添增；跟隨；隨從，聽隨

✐ 飯粒が付く。

沾到飯粒。

ます形 付きます	ない形 付かない	た形 付いた

つく【就く】（自五）就位；登上；就職；跟…學習；起程

✐ 王座に就く。

登上王位。

ます形 就きます	ない形 就かない	た形 就いた

つく【突く】（他五）扎，刺，戳；撞，頂；支撐；冒著；攻擊，打中

✐ 試合で、相手は私の弱点を突いてきた。

對方在比賽中攻擊了我的弱點。

ます形 突きます	ない形 突かない	た形 突いた

つくえ【机】（名）桌子，書桌

✐ 机の大きさは、どのぐらいですか。

桌子大約有多大？

つくる【作る】（他五）做，製造；創造；寫，創作

✐ 晩ご飯は、作ってあります。

晚餐已做好了。

ます形 作ります	ない形 作らない	た形 作った

つける（他下一）打開（家電類）；點燃

✐ クーラーをつけるより、窓を開けるほうがいいでしょう。

與其開冷氣，不如打開窗戶來得好吧！

ます形 つけます	ない形 つけない	た形 つけた

つける【点ける】（他下一）點（火），點燃；扭開（開關），打開

✐ 暗いから、電気をつけました。

因為很暗，所以打開了電燈。

ます形 点けます	ない形 点けない	た形 点けた

つける【漬ける】（他下一）浸泡；醃

✐ 母は、果物を酒に漬けるように言った。

媽媽說要把水果醃在酒裡。

ます形 漬けます	ない形 漬けない	た形 漬けた

つごう【都合】（名）情況，方便度。

☞ 都合がいいときに、来ていただきたいです。

時間方便的時候，希望能來一下。

つたえる【伝える】（他下一）傳達，轉告；傳導 　　　　　○T48

☞ 私が忙しいということを、彼に伝えてください。

請轉告他我很忙。

ます形 伝えます	ない形 伝えない	た形 伝えた

つち【土】（名）土地，大地；土壌，土質；地面，地表；地面土，泥土

☞ 子どもたちが土を掘って遊んでいる。

小朋友們在挖土玩。

つづく【続く】（自五）繼續；接連；跟著

☞ 雨は来週も続くらしい。

雨好像會持續到下週。

ます形 続きます	ない形 続かない	た形 続いた

つづける【続ける】（他下一）持續，繼續；接著

☞ 一度始めたら、最後まで続けろよ。

既然開始了，就要堅持到底喔。

ます形 続けます	ない形 続けない	た形 続けた

つつむ【包む】（他五）包起來；包圍；隱藏

☞ 必要なものを全部包んでおく。

把要用的東西全包起來。

ます形 包みます	ない形 包まない	た形 包んだ

つとめる【勤める】（自下一）工作，任職；擔任（某職務），扮演（某角色）；努力

☞ 会社に勤めています。

在公司上班。

ます形 勤めます	ない形 勤めない	た形 勤めた

つとめる【努める】（他下一）努力，為…奮鬥，盡力；勉強忍住

☞ 看護に努める。

盡心看護病患。

ます形 努めます	ない形 努めない	た形 努めた

つなぐ【繋ぐ】（他五）拴結，繫：連起，接上：延續（生命等）

テレビとビデオを繋いで録画した。

我將電視和錄影機接上來錄影。

ます形 繋ぎます	ない形 繋がない	た形 繋いだ

つねに【常に】（副）時常，經常，總是

社長が常にオフィスにいるとは、言いきれない。

無法斷定社長平時都會在辦公室裡。

つぶ【粒】（名・接尾）（穀物的）穀粒：粒，丸，珠：（數小而圓的東西）粒

大粒の雨が降ってきた。

下起了大滴的雨。

つぶれる【潰れる】（自下一）壓壞，壓碎：坍塌，倒塌：破產：磨損

あの会社が、潰れるわけがない。

那間公司，不可能會倒閉的。

ます形 潰れます	ない形 潰れない	た形 潰れた

つま【妻】（名）妻子，太太（自稱）

私が会社をやめたいということを、妻は知りません。

妻子不知道我想離職的事。

つまらない（形）無趣，沒意思：不值錢：無用，無意義

その映画は、どうですか。つまらないでしょうか。

那部電影怎麼樣？無趣嗎？

丁寧形 つまらないです	ない形 つまらなくない	た形 つまらなかった

つまり（名・副）阻塞，困窘：到頭，盡頭：總之，說到底：也就是說，即…

彼は私の父の兄の息子、つまりいとこに当たります。

他是我爸爸的哥哥的兒子，也就是我的堂哥。

つむ【積む】（自五・他五）累積，堆積：裝載：積蓄，積累

荷物をトラックに積んだ。

我將貨物裝到卡車上。

ます形 積みます	ない形 積まない	た形 積んだ

つめ【爪】（名）（人的）指甲，腳指甲；（動物的）爪；指尖

☞ 爪切りで爪を切った。
　　用指甲刀剪了指甲。

つめたい【冷たい】（形）冷，涼；冷淡，不熱情

☞ 冷蔵庫で、水を冷たくします。
　　將水放進冰箱冷卻。

丁寧形 冷たいです	ない形 冷たくない	た形 冷たかった

つめる【詰める】（自他下一）守候，值勤；不停的工作，緊張；塞進；緊靠著

☞ スーツケースに服や本を詰めた。
　　我將衣服和書塞進行李箱。

ます形 詰めます	ない形 詰めない	た形 詰めた

つもり（名）打算；當作

☞ 父には、そう説明するつもりです。
　　打算跟父親那樣説明。

つよい【強い】（形）強悍，有力；強壯，結實；堅強，堅決

☞ 彼女は、強い人です。
　　她是個堅強的人。

丁寧形 強いです	ない形 強くない	た形 強かった

つらい【辛い】（形・接尾）痛苦的，難受的，吃不消；殘酷的

☞ 勉強が辛くてたまらない。
　　書唸得痛苦不堪。

丁寧形 辛いです	ない形 辛くない	た形 辛かった

つる【釣る】（他五）釣魚；引誘

☞ ここで魚を釣るな。
　　不要在這裡釣魚。

ます形 釣ります	ない形 釣らない	た形 釣った

つれる【連れる】（他下一）帶領，帶著

☞ 子どもを幼稚園に連れて行ってもらいました。
　　請他幫我帶小孩去幼稚園了。

ます形 連れます	ない形 連れない	た形 連れた

[てテ]

※動詞「た形」變化跟「て形」一樣。如：買う→買った、買って

て【手】（名）手，手掌；胳膊；人手

✎ お母さんの手は、温かくて優しいです。

　　媽媽的手又溫暖又溫柔。

ていねい【丁寧】（名・形動）客氣；仔細

✎ 先生の説明は、彼の説明より丁寧です。

　　老師比他說明得更仔細。

丁寧形 **丁寧です**　　　　　　ない形 **丁寧ではない**　　　　た形 **丁寧だった**

テープ【tape】（名）膠布；錄音帶，卡帶

✎ きれいにテープを貼りました。

　　整齊地貼上了膠布。

テーブル【table】（名）桌子；餐桌，飯桌；表格，目錄

✎ 隣のテーブルが静かになった。

　　隔壁桌變安靜了。

テープレコーダー【tape recorder】（名）磁帶錄音機

✎ ラジオもテープレコーダーもあります。

　　既有收音機，也有錄音機。

でかける【出かける】（自下一）出去，出門；要出去，剛要走；到…去

✎ 出かけますか。家にいますか。

　　要出門？還是要待在家裡？

ます形 **出かけます**　　　　　ない形 **出かけない**　　　　た形 **出かけた**

てがみ【手紙】（名）信，書信，函

✎ どこから来た手紙ですか。

　　誰寄來的信？

てき【敵】（名・漢造）敵人，仇敵；（競爭的）對手；障礙；敵對

✍ 彼女は私を、敵でもあるかのような目で見た。

　　她用像是注視敵人般的眼神看著我。

テキスト【text】（名）教科書

✍ 読みにくいテキストですね。

　　真是一本難以閱讀的教科書呢！

てきとう【適当】（名・形動・自サ）適當；適度；隨便

✍ 適当にやっておくから、大丈夫。

　　我會妥當處理的，沒關係！

丁寧形 適当です	ない形 適当ではない	た形 適当だった

できる（自上一）能，可以，辦得到；做好，做完；做出，形成

✍ ここでも、どこでもできます。

　　無論這裡或任何地方，都可以做到。

ます形 できます	ない形 できない	た形 できた

できるだけ（副）盡可能地

✍ できるだけお手伝いしたいです。

　　我會盡力幫忙的。

でぐち【出口】（名）出口，流水的出口

✍ もう出口まで来ました。

　　已經來到出口了。

でございます（自・特殊型）「です」鄭重說法

✍ 店員は、「こちらはたいへん高級なワインでございます。」と言いました。

　　店員說：「這是非常高級的葡萄酒」。

てしまう（連）強調某一狀態或動作；懊悔

✍ 先生に会わずに帰ってしまったの。

　　沒見到老師就回來了嗎？

て

ですから（接續）所以

☞ 9時に出社いたします。ですから9時以降なら何時でも結構です。

我九點進公司。所以九點以後任何時間都可以。

テスト【test】（名）考試，試驗，檢查

☞ テストは、いつからですか。

考試什麼時候開始？

てつ【鉄】（名）鐵

☞ 「鉄は熱いうちに打て」とよく言います。

常言道：「打鐵要趁熱。」

てつだう【手伝う】（他五）幫忙，幫助

☞ いつでも、手伝ってあげます。

我隨時都樂於幫你的忙。

| ます形 手伝います | ない形 手伝わない | た形 手伝った |

てつどう【鉄道】（名）鐵道，鐵路

☞ この村には、鉄道の駅はありますか。

這村子裡，有火車的車站嗎？

テニスコート【tennis court】（名）網球場　

☞ みんな、テニスコートまで走れ。

大家一起跑到網球場吧！

では（感）那麼，這麼說，要是那樣

☞ では、どこかへ一緒に出かけましょう。

那麼，我們一起上哪兒去吧？

デパート【department】（名）百貨公司

☞ デパートに行きます。

去百貨公司。

て

てぶくろ【手袋】（名）手套

彼女は、新しい手袋を買ったそうだ。

聽說她買了新手套。

でも（接續）可是，但是，不過

でも、もう食べたくありません。

可是我已經不想吃了。

てら【寺】（名）寺廟

京都は、寺がたくさんあります。

京都有很多的寺廟。

てらす【照らす】（他五）照耀，曬，晴天

足元を照らすライトを取り付けましょう。

安裝照亮腳邊的照明用燈吧！

ます形 照らします	ない形 照らさない	た形 照らした

でる【出る】（自下一）出來，出去，離開；露出，突出；出沒，顯現

7時に家を出る。

7點離開家。

ます形 出ます	ない形 出ない	た形 出た

テレビ【television】（名）電視

夜は、テレビを見ます。

晚上看電視。

てん【点】（名）點；方面；（得）分

その点について、説明してあげよう。

關於那一點，我來為你說明吧！

てんいん【店員】（名）店員

店員がだれもいないはずがない。

不可能沒有店員在。

てんき【天気】（名）天氣；晴天，好天氣；（人的）心情

今日は、天気がいいです。

今天天氣真好。

でんき【電気】（名）電力；電燈；電器

電気をつけないでください。

請不要開燈。

てんきよほう【天気予報】（名）天氣預報

天気予報ではああ言っているが、信用できない。

雖然天氣預報那樣說，但不能相信。

でんしゃ【電車】（名）電車

新宿から上野まで、電車に乗りました。

從新宿搭電車到上野。

でんとう【電灯】（名）電燈

明るいから、電灯をつけなくてもかまわない。

天還很亮，不開電燈也沒關係。

てんのう【天皇】（名）日本天皇

天皇ご夫妻は今ヨーロッパご訪問中です。

天皇夫婦現在正在造訪歐洲。

でんぽう【電報】（名）電報

私が結婚したとき、彼はお祝いの電報をくれた。

我結婚的時候，他打了電報祝福我。

てんらんかい【展覧会】（名）展覽會

展覧会とか音楽会とかに、よく行きます。

展覽會啦、音樂會啦，我都常去參加。

でんわ【電話】（名・自サ）電話

だれか、電話で話しています。
でん わ　　はな

不知道是誰在講電話。

ます形 電話します　　　　　　ない形 電話しない　　　　た形 電話した

※動詞「た形」變化跟「て形」一樣。如：買う→買った、買って

ど【度】（名・接尾）次；度（溫度、眼睛近、遠視的度數等單位）

1年に一度、旅行をします。
ねん　いち ど　　りょこう

一年旅行一次。

ドア【door】（名）（西式的）門；（任何出入口的）門

ドアを開けて、外に出ます。
　　　あ　　　　そと て

打開門到外頭去。

とい【問い】（名）問，詢問，提問；問題

先生の問いに、答えないわけにはいかない。
せんせい　と　　　　こた

不能不回答老師的問題。

トイレ【toilet】（名）廁所，洗手間，盥洗室

トイレに行ってから、テレビを見ます。
　　　　い　　　　　　　　　　　　み

先上完洗手間後再去看電視。

どう（副）怎麼，如何

まだ、どうするか決めていません。
　　　　　　　　　き

還沒有決定要怎麼做。

どう【銅】（名）銅

この像は銅でできていると思ったら、なんと木でできていた。
　　ぞう　どう　　　　　　　おも　　　　　　　き

本以為這座雕像是銅製的，誰知竟然是木製的！

どういたしまして（寒暄）沒關係，不用客氣，不敢當，算不了什麼

✎ どういたしまして。私_{わたし}はなにもしていませんよ。

　不用客氣。我什麼也沒做。

どうか（副）（請求他人時）請：設法，想辦法；（情況）和平時不一樣，不正常

✎ 頼_{たの}むからどうか見逃_{みのが}してくれ。

　拜託啦！請放我一馬。

どうぐ【道具】（名）工具；手段

✎ 道具_{どうぐ}を集_{あつ}めて、いつでも使_{つか}えるようにした。

　收集了道具，以便隨時可以使用。

とうじ【当時】（名・副）現在，目前；當時，那時

✎ 当時_{とうじ}はまだ新幹線_{しんかんせん}がなかったとか。

　聽說當時好像還沒有新幹線。

どうして（副）為什麼，何故；如何，怎麼樣

✎ どうしてお兄_{にい}さんとけんかしますか。

　為什麼跟哥哥吵架？

どうぞ（副）（表勸誘、請求、委託）請；（表承認、同意）可以，請

✎ どうぞ、そこに座_{すわ}ってください。

　請坐在那邊。

どうぞよろしく（寒暄）請多指教

✎ 私_{わたし}が山田_{やまだ}で、こちらが鈴木_{すずき}さんです。どうぞよろしく。

　我是山田，這位是鈴木先生。請多指教。

とうちゃく【到着】（名・自サ）到達，抵達

✎ スターが到着_{とうちゃく}するかしないかのうちに、ファンが大騒_{おおさわ}ぎを始_{はじ}めた。

　明星才一到場，粉絲們便喧嘩了起來。

ます形 到着します　　　　　　ない形 到着しない　　　　　た形 到着した

とうとう（副）終於，最後

☞ とうとう、国_{くに}に帰_{かえ}ることになりました。
終於決定要回國了。

どうぶつ【動物】（名）（生物兩大類之一的）動物：（人類以外的）動物

☞ 動物_{どうぶつ}はあまり好_すきじゃありません。
不是很喜歡動物。

どうぶつえん【動物園】（名）動物園

☞ 動物園_{どうぶつえん}の動物_{どうぶつ}に食_たべ物_{もの}をやってはいけません。
不可以給動物園裡的動物吃東西。

どうも（副）（後接否定詞）怎麼也…：總覺得，似乎：實在是，真是

☞ 先日_{せんじつ}は、どうもありがとうございました。
前日真是多謝關照。

どうも（ありがとう）（副）實在（謝謝），非常（謝謝）

☞ どうもありがとう。これが、ほしかったんです。
非常謝謝您，我一直想要這個。

とうよう【東洋】（名）（地）亞洲：東洋，東方（亞洲東部和東南部的總稱）

☞ 東洋文化_{とうようぶんか}には、西洋文化_{せいようぶんか}とは違_{ちが}う良_よさがある。
東洋文化有著和西洋文化不一樣的優點。

とお【十】（名）（數）十：十個：十歲

☞ その子_こどもは、十_{とお}になりました。
那個孩子十歲了。

とおい【遠い】（形）（距離）遠，遙遠：（關係）疏遠：（時間間隔）久遠

☞ 遠_{とお}い国_{くに}へ行_いく前_{まえ}に、先生_{せんせい}にあいさつをします。
在前往遙遠的國度之前，先去向老師打聲招呼。

丁寧形 遠いです　　　　　ない形 遠くない　　　　た形 遠かった

とおか【十日】（名）十天；十號，十日

☞ 十日に１回、母に電話をかけます。

毎十天打一通電話給媽媽。

とおく【遠く】（名）遠處；很遠

☞ あまり遠くまで行ってはいけません。

不可以走到太遠的地方。

とおす【通す】（他五・接尾）穿通，貫穿；滲透，透過；連續，貫徹；一直

☞ 彼は、自分の意見を最後まで通す人だ。

他是個貫徹自己的主張的人。

ます形 通します	ない形 通さない	た形 通した

とおり【通り】（名）道路，街道

☞ どの通りも、車でいっぱいだ。

不管哪條路，車都很多。

とおる【通る】（自五）經過；穿過；合格　　　⊙T52

☞ 私は、あなたの家の前を通ることがあります。

我有時會經過你家前面。

ます形 通ります	ない形 通らない	た形 通った

とかい【都会】（名）都會，城市，都市

☞ 都会に出てきた頃は、寂しくて泣きたいくらいだった。

剛開始來到大都市時，感覺寂寞得想哭。

とがる【尖る】（自五）尖；發怒；神經過敏，神經緊張

☞ 教会の塔の先が尖っている。

教堂的塔的頂端是尖的。

ます形 尖ります	ない形 尖らない	た形 尖った

とき（名）…時，時候

☞ そんなときは、この薬を飲んでください。

那時請吃這個藥。

ときどき（副）有時，偶而；每個季節，一時一時

🖋 日本には、ときどき行きます。

我偶而會去日本。

とく【解く】（他五）解開；拆開（衣服）；解除（禁令、條約等）；解答

🖋 緊張して、問題を解くどころではなかった。

緊張得要命，哪裡還能答題啊！

ます形 解きます　　　　　ない形 解かない　　　　　た形 解いた

どくしょ【読書】（名・自サ）讀書

🖋 読書が好きだからといって、1日中読んでいたら体に悪いよ。

即使說是喜歡閱讀，但整天看書對身體是不好的呀！

ます形 読書します　　　　　ない形 読書しない　　　　　た形 読書した

とくちょう【特徴】（名）特徵，特點

🖋 彼女は、特徴のある髪型をしている。

她留著一個很有特色的髮型。

とくに【特に】（副）特地，特別

🖋 特に、手伝ってくれなくてもかまわない。

不用特地來幫忙也沒關係。

とくべつ【特別】（名・形動）特別，特殊

🖋 彼には、特別の練習をやらせています。

讓他進行特殊的練習。

丁寧形 特別です　　　　　ない形 特別ではない　　　　　た形 特別だった

どくりつ【独立】（名・自サ）孤立；自立，獨立

🖋 両親から独立した以上は、仕事を探さなければならない。

既然離開父母自力更生了，就得要找個工作才行。

ます形 独立します　　　　　ない形 独立しない　　　　　た形 独立した

とけい【時計】（名）鐘錶，手錶

🖋 どの時計が、あなたのですか。

哪支手錶是你的？

と

とける【溶ける】（自下一）溶解，融化

✎ この物質は、水に溶けません。

這個物體不溶於水。

ます形 溶けます	ない形 溶けない	た形 溶けた

とける【解ける】（自下一）解開，鬆開（綁著的東西）；解開（疑問等）

✎ 靴ひもが解ける。

鞋帶鬆開。

ます形 解けます	ない形 解けない	た形 解けた

どこ（代）何處，哪兒，哪裡

✎ 英語の上手な学生は、どこですか。

英語呱呱叫的學生在哪裡？

とこや【床屋】（名）理髮店；理髮師

✎ 床屋で髪を切ってもらいました。

在理髮店剪了頭髮。

ところ（名）（所在的）地方；（大致的）位置，部位；當地，鄉土

✎ どこか、おもしろいところへ行きませんか。

要不要去好玩的地方？

ところが（接・接助）然而，可是，不過；一…，剛要

✎ 新聞はかるく扱っていたようだ。ところが、これは大事件なんだ。

新聞似乎只是輕描淡寫一下而已，不過，這可是一個大事件。

ところで（接續・接助）（用於轉變話題）可是，不過；即使

✎ ところで、あなたは誰でしたっけ。

對了，你是哪位來著？

とし【年】（名）年齡；一年

✎ 年も書かなければなりませんか。

也得要寫年齡嗎？

としょかん【図書館】（名）圖書館

<ruby>昨日<rt>きのう</rt></ruby><ruby>行<rt>い</rt></ruby>った<ruby>図書館<rt>としょかん</rt></ruby>は、<ruby>大<rt>おお</rt></ruby>きかったです。

　昨天去的圖書館很大。

とじる【閉じる】（自他上一）閉，關閉；結束

ドアが<ruby>自動的<rt>じどうてき</rt></ruby>に<ruby>閉<rt>と</rt></ruby>じた。

　門自動關上。

ます形 **閉じます**　　　　ない形 **閉じない**　　　　た形 **閉じた**

とだな【戸棚】（名）壁櫥，櫥櫃

<ruby>戸棚<rt>とだな</rt></ruby>からコップを<ruby>出<rt>だ</rt></ruby>しました。

　我從壁櫥裡拿出了玻璃杯。

とち【土地】（名）土地，耕地；土壤，土質；當地；地面；地區

<ruby>土地<rt>とち</rt></ruby>を<ruby>買<rt>か</rt></ruby>った<ruby>上<rt>うえ</rt></ruby>で、<ruby>建<rt>た</rt></ruby>てる<ruby>家<rt>いえ</rt></ruby>を<ruby>設計<rt>せっけい</rt></ruby>しましょう。

　等買了土地，再來設計房子吧。

とちゅう【途中】（名）半路上，中途；半途　　**T53**

<ruby>途中<rt>とちゅう</rt></ruby>で<ruby>事故<rt>じこ</rt></ruby>があったために、<ruby>遅<rt>おそ</rt></ruby>くなりました。

　因路上發生事故，所以遲到了。

どちら（代）（不定稱，表示方向、地點、事物、人等）哪裡，哪個，哪位

どちらでもいいです。

　哪一個都行。

とっきゅう【特急】（名）火速；特急列車

<ruby>特急<rt>とっきゅう</rt></ruby>で<ruby>行<rt>い</rt></ruby>こうと<ruby>思<rt>おも</rt></ruby>う。

　我想搭特急列車前往。

とつぜん【突然】（副）突然，忽然

<ruby>突然<rt>とつぜん</rt></ruby><ruby>頼<rt>たの</rt></ruby>まれても、<ruby>引<rt>ひ</rt></ruby>き<ruby>受<rt>う</rt></ruby>けかねます。

　你這樣突然找我幫忙，我很難答應。

と

どっち（代）哪一個

✎ どっちをさしあげましょうか。
　　要送您哪一個呢？

とても（副）很，非常；（下接否定）無論如何也…

✎ そのドレス、とてもすてきですよ。
　　那件禮服非常好看。

とどく【届く】（自五）及，達到；（送東西）到達；周到；達到（希望）

✎ お手紙が昨日届きました。
　　信昨天收到了。

ます形 届きます	ない形 届かない	た形 届いた

とどける【届ける】（他下一）送達；送交；報告

✎ 忘れ物を届けてくださって、ありがとう。
　　謝謝您幫我把遺失物送回來。

ます形 届けます	ない形 届けない	た形 届けた

どなた（代）哪位，誰

✎ どなたが走っていますか。
　　誰在跑啊？

となり【隣】（名）鄰居，鄰家；隔壁，旁邊；鄰近，附近

✎ 隣に住んでいるのはどなたですか。
　　誰住在隔壁？

とにかく（副）總之，無論如何，反正

✎ とにかく、彼などと会いたくないんです。
　　總而言之，就是不想跟他見面。

どの（連體）哪個，哪…

✎ どの本がほしいですか。
　　想要哪本書？

とぶ【飛ぶ】（自五）飛，飛行，飛翔

飛行機が空を飛びます。

飛機在天上飛。

| ます形 飛びます | ない形 飛ばない | た形 飛んだ |

とまる【止まる】（自五）停止；中斷；落在；堵塞

バスが停留所に止まりました。

巴士停靠在公車站。

| ます形 止まります | ない形 止まらない | た形 止まった |

とめる【止める】（他下一）關掉，使停止；釘住

その動きつづけている機械を止めてください。

請關掉那台不停轉動的機械。

| ます形 止めます | ない形 止めない | た形 止めた |

とめる【泊める】（他下一）（讓…）住，過夜；（讓旅客）投宿；（讓船隻）停泊

ひと晩泊めてもらう。

讓我投宿一晚。

| ます形 泊めます | ない形 泊めない | た形 泊めた |

ともだち【友達】（名）朋友，友人

明日、友達が来ます。

明天朋友會來。

どようび【土曜日】（名）星期六

土曜日はあまり忙しくないです。

星期六不是很忙。

とり【鳥】（名）鳥，禽類的總稱；雞

鳥には、大きいのも小さいのもあります。

鳥兒有大也有小。

とりかえる【取り替える】（他下一）交換；更換

新しい商品と取り替えられます。

可以更換新產品。

| ます形 取り替えます | ない形 取り替えない | た形 取り替えた |

と

とりにく【鳥肉】（名）雞肉；鳥肉

✏ 主人は、鳥肉が好きです。

我先生喜歡吃雞肉。

どりょく【努力】（名・自サ）努力

✏ 努力が実った。

由於努力而取得成果。

ます形 努力します	ない形 努力しない	た形 努力した

とる【取る】（他五）拿取，執，握；採取，摘；（用手）操控，把持

✏ あれを取ってきてください。

請幫我拿那個來。

ます形 取ります	ない形 取らない	た形 取った

とる【撮る】（他五）拍照，拍攝

✏ 皆様がたと一緒に、写真をとりたいと思います。

我想跟大家一起拍照。

ます形 撮ります	ない形 撮らない	た形 撮った

とる【採る】（他五）採取，採用，錄取；採集；採光

✏ この企画を採ることにした。

已決定採用這個企畫案。

ます形 採ります	ない形 採らない	た形 採った

どれ（代）哪個

✏ どれか、好きなものを取ってください。

喜歡哪個請拿走。

どろぼう【泥棒】（名）偷竊；小偷，竊賊

✏ 泥棒を怖がって、鍵をたくさんつけた。

因害怕遭小偷，所以上了許多道鎖。

どんな（連語）什麼樣的；不拘什麼樣的

✏ 家で使う石鹸は、どんな店で買いますか。

家用的香皂要到什麼店買？

［ な ナ ］

※動詞「た形」變化跟「て形」一様。如：買う→買った、買って

ナイフ【knife】（名）刀子，小刀，餐刀
- その中に、ナイフが入っています。
  那裡面放了刀子。

ないよう【内容】（名）内容
- その本の内容は、子どもっぽすぎる。
  那本書的内容，感覺實在是太幼稚了。

ナイロン【nylon】（名）尼龍
- ナイロンの丈夫さが、女性のファッションを変えた。
  尼龍的耐用性，改變了女性的時尚。

なお【尚】（副・接）仍然，還，尚；更，還，再；猶如，如；而且
- なお、会議の後で食事会がありますので、残ってください。
  還有，會議之後有餐會，請留下來參加。

なおす【直す】（他五）修理；改正；治療
- 自転車を直してやるから、持ってきなさい。
  我幫你修理腳踏車，去把它騎過來。

ます形 直します　　ない形 直さない　　た形 直した

なおる【治る】（自五）變好；改正；治癒
- 風邪が治ったのに、今度はけがをしました。
  感冒才治好，這次卻換受傷了。

ます形 治ります　　ない形 治らない　　た形 治った

なおる【直る】（自五）修好；改正；治好
- この車は、土曜日までに直りますか。
  這輛車星期六以前能修好嗎？

ます形 直ります　　ない形 直らない　　た形 直った

なか【中】（名）裡面，内部：（事物）進行之中，當中：（許多事情之）中，其中

✑ この中で、どれが一番きらいですか。

這裡面最不喜歡哪一個？

ながい【長い】（形）（時間）長，長久，長遠

✑ 道は、どれぐらい長いですか。

路約有多長？

| 丁寧形 長いです | ない形 長くない | た形 長かった |

なかなか（副）（後接否定）總是無法

✑ なかなかさしあげる機会がありません。

始終沒有送他的機會。

なかま【仲間】（名）伙伴，同事，朋友：同類

✑ 仲間になるにあたって、みんなで酒を飲んだ。

大家結交為同伴之際，一同喝了酒。

ながめる【眺める】（他下一）眺望：凝視，注意看：（商）觀望

✑ 窓から、美しい景色を眺めていた。

我從窗戶眺望美麗的景色。

| ます形 眺めます | ない形 眺めない | た形 眺めた |

ながら（接助）一邊…，同時…

✑ 子どもが、泣きながら走ってきた。

小孩邊哭邊跑過來。

ながれる【流れる】（自下一）流動：漂流：傳布：流逝：流浪：（壞的）傾向

✑ 川が市中を流れる。

河川流經市内。

| ます形 流れます | ない形 流れない | た形 流れた |

なく【鳴く】（自五）（鳥、獸、虫等）叫，鳴

✑ 猫が、おなかをすかせて鳴いています。

貓因為肚子餓而不停喵喵地叫。

| ます形 鳴きます | ない形 鳴かない | た形 鳴いた |

な

なく【泣く】（自五）哭泣

彼女は、「とても悲しいです。」と言って泣いた。

她說：「真是難過啊」，便哭了起來。

ます形 泣きます	ない形 泣かない	た形 泣いた

なくす【無くす】（他五）弄丟，搞丟

財布をなくしたので、本が買えません。

錢包弄丟了，所以無法買書。

ます形 無くします	ない形 無くさない	た形 無くした

なくなる【亡くなる】（自五）去世，死亡

おじいちゃんがなくなって、みんな悲しがっている。

爺爺過世了，大家都很哀傷。

ます形 亡くなります	ない形 亡くならない	た形 亡くなった

なくなる【無くなる】（自五）不見，遺失；用光了

きのうもらった本が、なくなってしまった。

昨天拿到的書不見了。

ます形 無くなります	ない形 無くならない	た形 無くなった

なげる【投げる】（他下一）丟，抛；放棄

そのボールを投げてもらえますか。

可以請你把那個球丟過來嗎？

ます形 投げます	ない形 投げない	た形 投げた

なさる（他五）做（「なす」、「する」的敬語）

どうして、あんなことをなさったのですか。

您為什麼會做那樣的事呢？

ます形 なさいます	ない形 なさらない	た形 なさった

なぜ【何故】（副）為什麼

🔘T55

なぜ留学することにしたのですか。

為什麼決定去留學呢？

なつ【夏】（名）夏天，夏季

この森は、夏でも涼しい。

這座森林即使是夏天也很涼快。

な

なつかしい【懐かしい】（形）懐念的，思慕的，令人懷念的；眷戀，親近的

✒ ふるさとは、涙が出るほどなつかしい。

家鄉令我懷念到想哭。

丁寧形 懐かしいです　　　　ない形 懐かしくない　　　　た形 懐かしかった

なつやすみ【夏休み】（名）暑假

✒ 夏休みに、旅行ができます。

暑假可以去旅行。

など（副助）（表示概括、列舉）等

✒ テレビや冷蔵庫などがほしいです。

我想要電視和冰箱之類的東西。

なな・しち【七】（名）（數）七，七個

✒ 7個で500円です。

七個共五百日圓。

ななつ【七つ】（名）（數）七個，七歲

✒ チョコレートを七つぐらい食べました。

大約吃了七個巧克力。

なに・なん【何】（代）什麼；任何；表示驚訝

✒ 君たちは、何を勉強しているの。

你們在學什麼？

なのか【七日】（名）七日，七天，七號

✒ 木村さんは、七日にでかけます。

木村先生七號出發。

なま【生】（名・形動）（食物沒有煮過、烤過）生的；不加修飾的；不熟練

✒ この肉、生っぽいから、もう一度焼いて。

這塊肉看起來還有點生，幫我再烤一次吧。

丁寧形 生です　　　　ない形 生ではない　　　　た形 生だった

なまえ【名前】（名）（事物與人的）名字，名稱

✎ それには、名前は書いてありません。
　上面沒有寫名字。

なみ【波】（名）波浪，波濤；波瀾，風波；電波；潮流；起伏，波動

✎ サーフィンのときは、波は高ければ高いほどいい。
　衝浪時，浪越高越好。

なやむ【悩む】（自五）煩惱，苦惱，憂愁；感到痛苦

✎ あんなひどい女のことで、悩むことはないですよ。
　用不著為了那種壞女人煩惱啊！

| ます形 悩みます | ない形 悩まない | た形 悩んだ |

ならう【習う】（他五）學習，練習

✎ 英語を習いに行く。
　去學英語。

| ます形 習います | ない形 習わない | た形 習った |

ならぶ【並ぶ】（自五）並排，並列；同時存在

✎ 本が並んでいます。
　書本並排著。

| ます形 並びます | ない形 並ばない | た形 並んだ |

ならべる【並べる】（他下一）排列，陳列；擺，擺放，擺設；列舉

✎ 机や椅子を並べました。
　排了桌椅。

| ます形 並べます | ない形 並べない | た形 並べた |

なる（自五）成為，變成；當（上）

✎ いつか、花屋になりたいです。
　希望有一天能開花店。

| ます形 なります | ない形 ならない | た形 なった |

なる【鳴る】（自五）響，叫；聞名

✎ ベルが鳴りはじめたら、書くのをやめてください。
　鈴聲一響起，就請停筆。

| ます形 鳴ります | ない形 鳴らない | た形 鳴った |

なるべく（副）儘量，儘可能

 なるべく明日<ruby>明日<rt>あした</rt></ruby>までにやってください。

請儘量在明天以前完成。

なるほど（副）原來如此，果然

なるほど、この料理は塩を入れなくてもいいんですね。

原來如此，這道菜不加鹽也行呢！

なれる【慣れる】（自下一）習慣；熟練

毎朝<ruby>毎朝<rt>まいあさ</rt></ruby>5時<ruby>時<rt>じ</rt></ruby>に起<ruby>起<rt>お</rt></ruby>きるということに、もう慣<ruby>慣<rt>な</rt></ruby>れました。

已經習慣每天早上五點起床了。

ます形 **慣れます**　　　　ない形 **慣れない**　　　　た形 **慣れた**

○T56

[に =]

※動詞「た形」變化跟「て形」一樣。如：買う→買った、買って

に【二】（名）（數）二，兩個

2分<ruby>分<rt>ふん</rt></ruby>ぐらい待<ruby>待<rt>ま</rt></ruby>ってください。

請約等兩分鐘。

におい【匂い】（名）味道；風貌，氣息

この花<ruby>花<rt>はな</rt></ruby>は、その花<ruby>花<rt>はな</rt></ruby>ほどいい匂<ruby>匂<rt>にお</rt></ruby>いではない。

這朵花不像那朵花那麼香。

におう【匂う】（自五）散發香味，有香味；隱約發出

何<ruby>何<rt>なに</rt></ruby>か匂<ruby>匂<rt>にお</rt></ruby>いますが、何<ruby>何<rt>なん</rt></ruby>の匂<ruby>匂<rt>にお</rt></ruby>いでしょうか。

好像有什麼味道，到底是什麼味道呢？

ます形 **匂います**　　　　ない形 **匂わない**　　　　た形 **匂った**

にがい【苦い】（形）苦；痛苦；不愉快的

食<ruby>食<rt>た</rt></ruby>べてみましたが、ちょっと苦<ruby>苦<rt>にが</rt></ruby>かったです。

試吃了一下，覺得有點苦。

丁寧形 **苦いです**　　　　ない形 **苦くない**　　　　た形 **苦かった**

にぎやか【賑やか】（形動）熱鬧，繁華；有說有笑，鬧哄哄

☞ 町はなぜこんなに賑やかなのですか。

街上為什麼這麼熱鬧？

丁寧形 賑やかです	ない形 賑やかではない	た形 賑やかだった

にぎる【握る】（他五）握，抓；握飯團或壽司；掌握，抓住

☞ 車のハンドルを握る。

握住車子的駕駛盤。

ます形 握ります	ない形 握らない	た形 握った

にく【肉】（名）肉

☞ 今日は、肉が食べたいです。

今天想吃肉。

にくい（接尾）難以，不容易

☞ 食べにくければ、スプーンを使ってください。

如果不方便吃，請用湯匙。

にくい【憎い】（形）可憎，可惡；（說反話）漂亮，令人佩服

☞ 冷酷な犯人が憎い。

憎恨冷酷無情的犯人。

丁寧形 憎いです	ない形 憎くない	た形 憎かった

にくむ【憎む】（他五）憎恨，厭惡；嫉妒

☞ 今でも彼を憎んでいますか。

你現在還恨他嗎？

ます形 憎めます	ない形 憎めない	た形 憎んだ

にげる【逃げる】（自下一）逃走，逃跑

☞ 警官が来たぞ。逃げろ。

警察來了，快逃！

ます形 逃げます	ない形 逃げない	た形 逃げた

にこにこ（副・自サ）笑嘻嘻，笑容滿面

☞ 嬉しくてにこにこした。

高興得笑容滿面。

ます形 にこにこします	ない形 にこにこしない	た形 にこにこした

に

にし【西】（名）西，西邊，西方
🖎 ここから西に行くと、川があります。
從這邊往西走，就有一條河。

にち【日】（名）號，日，天（計算日數）
🖎 12月31日に、日本に帰ります。
十二月三十一日回日本。

にちようび【日曜日】（名）星期日
🖎 日曜日に、掃除をします。
星期日大掃除。

について（連語）關於
🖎 みんなは、あなたが旅行について話すことを期待しています。
大家很期待聽你說有關旅行的事。

にっき【日記】（名）日記
🖎 日記は、もう書き終わった。
日記已經寫好了。

にほん【日本】（名）日本
🖎 学校を通して、日本への留学を申請しました。
透過學校，申請到日本留學。

にもつ【荷物】（名）行李，貨物
🖎 500グラムの荷物から20キロの荷物まで、送ることができます。
五百公克到二十公斤的行李，皆可託運。

にゅういん【入院】（名）住院
🖎 入院のとき、手伝ってあげよう。
住院時我來幫你。

にゅうがく【入学】（名）入學，上學

入学のとき、なにをくれますか。

入學的時候，你要送我什麼？

ニュース【news】（名）新聞，消息；新聞影片

このニュースをどう思いますか。

你對這則新聞有什麼看法？

によると（連語）根據，依據

天気予報によると、7時ごろから雪が降りだすそうです。

根據氣象報告說，七點左右將開始下雪。

にる【似る】（自上一）相像，類似

私は、妹ほど母に似ていない。

我不像妹妹那麼像媽媽。

ます形 似ます　　　　　　　ない形 似ない　　　　　た形 似た

にる【煮る】（他上一）煮，燉，熬

醤油を入れて、もう少し煮ましょう。

加醬油再煮一下吧！

ます形 煮ます　　　　　　　ない形 煮ない　　　　　た形 煮た

にわ【庭】（名）庭院，院子，院落

お父さんは、庭ですか。トイレですか。

爸爸在庭院？還是在洗手間？

にん【人】（接尾）…人

学生は50人以上います。

學生有50人以上。

にんき【人気】（名）聲望，受歡迎；（地方的）風俗，風氣

人気を失ったかわりに、静かな生活が戻ってきた。

雖失去了聲望，但卻換來以往平靜的生活。

にんぎょう【人形】（名）洋娃娃，人偶

　人形の髪が伸びるはずがない。

　　洋娃娃的頭髮不可能變長。

にんげん【人間】（名）人，人類；品品，為人；（文）人間，社會，世上

　人間の歴史はおもしろい。

　　人類的歷史很有趣。

［ ぬ ヌ ］

※動詞「た形」變化跟「て形」一樣。如：買う→買った、買って

ぬう【縫う】（他五）縫，縫補；刺繡；穿過，穿行；（醫）縫合（傷口）

　母親は、子どものために思いをこめて服を縫った。

　　母親滿懷愛心地為孩子縫衣服。

ます形 縫います	ない形 縫わない	た形 縫った

ぬく【抜く】（自他五・接尾）抽出，拔去；選出，摘引；消除；超越

　浮き袋から空気を抜いた。

　　我放掉救生圈裡的氣了。

ます形 抜きます	ない形 抜かない	た形 抜いた

ぬぐ【脱ぐ】（他五）脫去，脫掉，摘掉

　ここで靴を脱いでください。

　　請在這裡脫鞋。

ます形 脱ぎます	ない形 脱がない	た形 脱いだ

ぬすむ【盗む】（他五）偷盜，盜竊

　お金を盗まれました。

　　我的錢被偷了。

ます形 盗みます	ない形 盗まない	た形 盗んだ

ぬる【塗る】（他五）塗抹，塗上

　赤とか青とか、いろいろな色を塗りました。

　　紅的啦、藍的啦，塗上了各種顏色。

ます形 塗ります	ない形 塗らない	た形 塗った

ぬるい【温い】（形）微溫，不冷不熱，不夠熱

☞ 風呂が温い。

洗澡水不夠熱。

丁寧形 温いです　　　　　ない形 温くない　　　　　た形 温かった

ぬれる【濡れる】（自下一）淋濕，沾濕

☞ 雨のために、濡れてしまいました。

被雨淋濕了。

ます形 濡れます　　　　　ない形 濡れない　　　　　た形 濡れた

［ ねネ ］

※動詞「た形」變化跟「て形」一樣。如：買う→買った、買って

ね【根】（名）（植物的）根：根底；根源，根據：天性，根本

☞ この問題は根が深い。

這個問題的根源很深遠。

ねがい【願い】（名）願望，心願：請求，請願：申請書，請願書

☞ みんなの願いにもかかわらず、先生は来てくれなかった。

不理會眾人的期望，老師還是沒來。

ねがう【願う】（他五）請求，請願，懇求：願望，希望：祈禱，許願

☞ 二人の幸せを願わないではいられません。

不得不為他兩人的幸福祈禱呀！

ます形 願います　　　　　ない形 願わない　　　　　た形 願った

ネクタイ【necktie】（名）領帶

☞ どれがお父さんのネクタイですか。

哪一條是爸爸的領帶？

ねだん【値段】（名）價錢

☞ こちらは値段が高いので、そちらにします。

這個價錢較高，我決定買那個。

ねつ【熱】（名）高溫；熱；發燒

☞ 熱がある時は、休んだほうがいい。

發燒時最好休息一下。

ねっしん【熱心】（名・形動）專注，熱衷，熱心

☞ 毎日10時になると、熱心に勉強しはじめる。

每天一到十點，便開始專心唸書。

丁寧形 熱心です	ない形 熱心ではない	た形 熱心だった

ねむい【眠い】（形）睏的，想睡的

☞ お酒を飲んだら、眠くなりはじめた。

喝了酒，便開始想睡覺了。

丁寧形 眠いです	ない形 眠くない	た形 眠かった

ねむる【眠る】（自五）睡覺；埋藏

☞ 薬を使って、眠らせた。

用藥讓他入睡。

ます形 眠ります	ない形 眠らない	た形 眠った

ねる【寝る】（自下一）睡覺，就寢；躺，臥；臥病

☞ 午後中、寝ていました。

整個下午都在睡覺。

ます形 寝ます	ない形 寝ない	た形 寝た

ねん【年】（名）年（也用於計算年數）

☞ 3年勉強したあとで、仕事をします。

學習了三年之後再開始工作。

［ のノ ］

T59

※動詞「た形」變化跟「て形」一樣。如：買う→買った、買って

の【野】（名・漢造）原野；田地，田野；野生的

☞ 家にばかりいないで、野や山に遊びに行こう。

不要一直窩在家裡，一起到原野或山裡玩耍吧！

のうりょく【能力】（名）能力；（法）行為能力

✍ 能力とは、試験を通じて測られるものだけではない。

　能力這東西，並不是只有透過考試才能被檢驗出來。

ノート【note】（名）筆記本，備忘錄

✍ ノートやペンや辞書などを買いました。

　買了筆記本、筆和字典等等。

のこす【残す】（他五）留下，剩下；存留；遺留

✍ メモを残して帰る。

　留下紙條後離開。

ます形 残します	ない形 残さない	た形 残した

のこる【残る】（自五）剩餘，剩下；留下

✍ みんなあまり食べなかったために、食べ物が残った。

　因為大家都不怎麼吃，所以食物剩了下來。

ます形 残ります	ない形 残らない	た形 残った

のせる【乗せる】（他下一）放在高處，放到⋯；裝載；使搭乘；記載，刊登

✍ 子供を電車に乗せる。

　送孩子上電車。

ます形 乗せます	ない形 乗せない	た形 乗せた

のぞむ【望む】（他五）遠望，眺望；指望，希望；仰慕，景仰

✍ あなたが望む結婚相手の条件は何ですか。

　你希望的結婚對象，條件為何？

ます形 望みます	ない形 望まない	た形 望んだ

のど【喉】（名）喉嚨；嗓音，歌聲；要害

✍ 風邪を引いてのどが痛い。

　因感冒而喉嚨痛。

のびる【伸びる】（自上一）（長度等）變長，伸長；擴展；（勢力、才能等）擴大

✍ 背が伸びる。

　長高了。

ます形 伸びます	ない形 伸びない	た形 伸びた

のべる【述べる】（他下一）敘述，陳述，說明，談論
✎ この問題に対して、意見を述べてください。

請針對這個問題，發表一下意見。

| ます形 述べます | ない形 述べない | た形 述べた |

のぼる【登る】（自五）登，上，攀登（山）
✎ あなたが山に登るのは、なぜですか。

你為什麼要爬山？

| ます形 登ります | ない形 登らない | た形 登った |

のみもの【飲み物】（名）飲料
✎ なにか飲み物が飲みたいです。

想喝點什麼飲料。

のむ【飲む】（他五）喝，吞，嚥，吃（藥）
✎ 友達と一緒に、お酒を飲んだ。

和朋友一起喝了酒。

| ます形 飲みます | ない形 飲まない | た形 飲んだ |

のりかえる【乗り換える】（他下一）轉乘，換車
✎ 新宿でJRにお乗り換えください。

請在新宿轉搭JR線。

| ます形 乗り換えます | ない形 乗り換えない | た形 乗り換えた |

のりもの【乗り物】（名）交通工具
✎ 乗り物に乗るより、歩くほうがいいです。

走路比搭交通工具好。

のる【乗る】（自五）騎乗，坐；登上；參與
✎ 自転車に上手に乗ります。

熟練地騎腳踏車。

| ます形 乗ります | ない形 乗らない | た形 乗った |

🎧T60

［ はハ ］

※動詞「た形」變化跟「て形」一樣。如：買う→買った、買って

は【歯】（名）牙齒

✐ それを使って、歯を磨きます。
用那個刷牙。

は【葉】（名）葉子，樹葉

✐ この木の葉は、あの木の葉より黄色いです。
這樹葉，比那樹葉還要黃。

ばあい【場合】（名）時候；狀況，情形

✐ 彼が来ない場合は、電話をくれるはずだ。
他不來的時候，應該會給我電話的。

パーティー【party】（名）（社交性的）集會，晚會，宴會，舞會

✐ パーティーへは行きません。
不去參加宴會。

はい（感）（回答）有，到；（表示同意）是的；（提醒注意）喂

✐ はい、だれかそこにいます。
是的，有人在那邊。

はい【杯】（接尾）…杯

✐ 水が１杯ほしいです。
我想要一杯水。

ばい【倍】（接尾）倍，加倍

✐ 今年から、倍の給料をもらえるようになりました。
今年起可以領到雙倍的薪資了。

はいけん【拝見】（名・他サ）看，拜讀

✐ 写真を拝見したところです。
剛看完您的照片。

ます形 拝見します　　ない形 拝見しない　　た形 拝見した

はいざら【灰皿】（名）煙灰缸
🖋 灰皿はあそこです。

　煙灰缸在那裡。

はいしゃ【歯医者】（名）牙醫
🖋 歯が痛いなら、歯医者に行けよ。

　如果牙痛，就去看牙醫啊！

はいる【入る】（自五）進，進入，裝入；闖入
🖋 鞄に何が入っていますか。

　皮包裡裝了什麼？

ます形 入ります	ない形 入らない	た形 入った

はえる【生える】（自下一）（草，木）等生長
🖋 雑草が生えてきたので、全部抜いてもらえますか。

　雜草長出來了，可以幫我全部拔掉嗎？

ます形 生えます	ない形 生えない	た形 生えた

はか【墓】（名）墓地，墳墓
🖋 郊外に墓を買いました。

　在郊外買了墳墓。

はがき（名）明信片；記事便條
🖋 はがきには、なにも書いてありません。

　明信片上什麼都沒寫。

ばかり（副助）光，淨；左右；剛剛
🖋 そんなことばかり言わないで、元気を出して。

　別淨說那樣的話，打起精神來。

はかる【計る】（他五）計，秤，測量；計量；推測；徵詢
🖋 何分ぐらいかかるか、時間を計った。

　我量了大概要花多少時間。

ます形 計ります	ない形 計らない	た形 計った

は

はく【履く】 （他五）穿（鞋，襪等）
くつ を は はい
靴を履いたまま、入らないでください。
請勿穿著鞋進入。

ます形 履きます	ない形 履かない	た形 履いた

はく【掃く】 （他五）掃，打掃；（拿刷子）輕塗
へ や は
部屋を掃く。
打掃房屋。

ます形 掃きます	ない形 掃かない	た形 掃いた

はくしゅ【拍手】 （名・自サ）拍手，鼓掌
はくしゅ さん い あらわ
拍手して賛意を表す。
鼓掌表示贊成。

ます形 拍手します	ない形 拍手しない	た形 拍手した

はげしい【激しい】 （形）激烈，劇烈；（程度上）很高，厲害；熱烈
きょうそう はげ
競争が激しい。
競爭激烈。

丁寧形 激しいです	ない形 激しくない	た形 激しかった

はこ【箱】 （名）盒子，箱子，匣子
はこ あ し
箱を開けたり閉めたりする。
將盒子開開關關。

はこぶ【運ぶ】 （他五・自五）運送，搬運；進行
しょうひん みせ ひと はこ
その商品は、店の人が運んでくださるのです。
那個商品，店裡的人會幫我送過來。

ます形 運びます	ない形 運ばない	た形 運んだ

はさまる【挟まる】 （自五）夾，（物體）夾在中間；夾在（對立雙方中間）
は あいだ た もの はさ
歯の間に食べ物が挟まってしまった。
食物塞在牙縫裡了。

ます形 挟まります	ない形 挟まない	た形 挟んだ

はさん【破産】 （名・自サ）破産
かいしゃ しゃっきん けっきょく は さん
うちの会社は借金だらけで、結局破産しました。
我們公司欠了一屁股債，最後破産了。

ます形 破産します	ない形 破産しない	た形 破産した

はし【箸】（名）筷子，箸

✎ 木で箸を作りました。

　用木頭做成筷子。

はし【橋】（名）橋，橋樑

✎ 橋の上にだれもいません。

　沒有人在橋上。

はし【端】（名）開端，開始；邊緣；零頭，片段；開始，盡頭

✎ 道の端を歩いてください。

　請走路的兩旁。

はじまる【始まる】（自五）開始，開頭；發生，引起；起源，緣起

✎ 授業が始まります。

　上課了。

ます形 始まります	ない形 始まらない	た形 始まった

はじめ【初め】（名）開始，起頭；起因

✎ 初めは、何もわかりませんでした。

　一開始，什麼也不懂。

はじめて【初めて】（副）最初，初次，第一次

✎ 林さんは、初めて北海道に行きました。

　林先生第一次去了北海道。

はじめまして（寒暄）初次見面，你好

✎ はじめまして。私は山田商事の田中です。

　初次見面，我是山田商事的田中。

はじめる【始める】（他下一）開始

✎ ベルが鳴るまで、テストを始めてはいけません。

　在鈴聲響起前，不能開始考試。

ます形 始めます	ない形 始めない	た形 始めた

はしる【走る】（自五）（人、動物）跑步，奔跑；（車、船等）行駛

☞ 車が町を走ります。

車子在街上奔馳。

ます形 走ります	ない形 走らない	た形 走った

はず（形式名詞）應該；會；確實

☞ 彼は、年末までに日本に来るはずです。

他在年底前，應該會來日本。

バス【bus】（名）巴士，公車

☞ あれは大学へ行くバスです。

那是前往大學的巴士。

はずかしい【恥ずかしい】（形）丟臉；難為情

☞ 失敗しても、恥ずかしいと思うな。

即使失敗了也不用覺得丟臉。

丁寧形 恥ずかしいです	ない形 恥ずかしくない	た形 恥ずかしかった

はずす【外す】（他五）摘下，解開，取下；錯過；失掉；避開

☞ 重大な話につき、あなたは席をはずしてください。

由於是重要的事情，所以請你先迴避一下。

ます形 外します	ない形 外さない	た形 外した

バター【butter】（名）奶油

☞ バターを入れたあとで、塩を入れます。

放進奶油後再放鹽。

はだか【裸】（名）裸體；沒有外皮的東西；精光，身無分文；不存先入之見，不裝飾門面

☞ 風呂に入るため裸になったら、電話が鳴って困った。

脫光了衣服要洗澡時，電話卻剛好響起，真是傷腦筋。

はたち【二十歳】（名）二十歳

☞ 二十歳になったから、お酒を飲みます。

因為滿二十歳了，所以喝酒。

は

はたらく【働く】（自五）工作，勞動，做工

✐ 母は、1日中働いています。

媽媽工作一整天。

ます形 働きます　　　　ない形 働かない　　　　た形 働いた

はち【八】（名）（數）八，八個

✐ りんごが8個だけあります。

只有八個蘋果。

はつおん【発音】（名）發音

✐ 日本語の発音を直してもらっているところです。

正在請他幫我矯正日語的發音。

はつか【二十日】（名）二十日，二十天

✐ 二十日には、国へ帰ります。

二十號回國。

はっきり（副・自サ）清楚；直接了當

✐ 君ははっきり言いすぎる。

你說得太露骨了。

ます形 はっきりします　　　ない形 はっきりしない　　　た形 はっきりした

はっけん【発見】（名・他サ）發現

✐ 博物館に行くと、子どもたちにとっていろいろな発見があります。

孩子們去到博物館會有很多新發現。

ます形 発見します　　　ない形 発見しない　　　た形 発見した

はっこう【発行】（名・自サ）（圖書等）發行；發售

✐ 新しい雑誌を発行したところ、とてもよく売れました。

發行新雜誌，結果銷路很好。

ます形 発行します　　　ない形 発行しない　　　た形 発行した

はったつ【発達】（名・自サ）（身心）成熟，發達；擴展，進步

✐ 子どもの発達に応じて、玩具を与えよう。

依小孩的成熟程度給玩具。

ます形 発達します　　　ない形 発達しない　　　た形 発達した

はってん【発展】（名・自サ）擴展，發展；活躍，活動

☞ 驚いたことに、町はたいへん発展していました。

令人驚訝的是，小鎮蓬勃發展起來了。

ます形 発展します　　　　ない形 発展しない　　　　た形 発展した

はっぴょう【発表】（名・他サ）發表，宣布，聲明；揭曉

☞ こんなに面白い意見は、発表せずにはいられません。

這麼有趣的意見，實在無法不提出來。

はつめい【発明】（名・他サ）發明

☞ 社長は、新しい機械を発明するたびにお金をもうけています。

每逢社長研發出新型機器，就會賺大錢。

ます形 発明します　　　　ない形 発明しない　　　　た形 発明した

はで【派手】（名・形動）（服裝等）鮮艷的；（為引人注目而動作）誇張，做作

☞ いくらパーティーでも、そんな派手な服を着ることはないでしょう。

就算是派對，也不用穿得那麼華麗吧。

丁寧形 派手です　　　　ない形 派手ではない　　　　た形 派手だった

はな【花】（名）花

☞ ここにきれいな花があります。

這裡有漂亮的花。

はな【鼻】（名）鼻子

🎵T62

☞ 漢字は、鼻ですか。花ですか。

漢字是「鼻」？還是「花」？

はなし【話】（名）話，說話，講話；談話的內容

☞ どんな話をしますか。

要聊什麼話題？

はなす【話す】（他五）說，講；告訴（別人），敘述

☞ 彼に何を話しましたか。

你跟他講了什麼？

ます形 話します　　　　ない形 話さない　　　　た形 話した

は

はなす【離す】（他五）使…離開，使…分開；隔開，拉開距離

✎ 子どもの手を握って、離さないでください。

請握住小孩的手，不要放掉。

ます形 離します	ない形 離さない	た形 離した

はなみ【花見】（名）賞花

✎ 花見は楽しかったかい。

賞花有趣嗎？

はなれる【離れる】（自下一）離開；離去；相隔；脫離（關係），背離

✎ 故郷を離れるに先立ち、みんなに挨拶をしました。

在離開家鄉之前，先和大家告別。

ます形 離れます	ない形 離れない	た形 離れた

はね【羽】（名）羽毛；（鳥與昆蟲等的）翅膀；（機器等）翼，葉片

✎ 羽のついた帽子がほしい。

我想要頂有羽毛的帽子。

はは【母】（名）媽媽，母親

✎ 母は、野菜がきらいです。

媽媽不喜歡蔬菜。

はば【幅】（名）寬度，幅面；幅度，範圍；勢力；伸縮空間

✎ 道路の幅を広げる工事をしている。

正在進行拓展道路的工程。

はめる【嵌める】（他下一）嵌上，鑲上；使陷入，欺騙；擲入

✎ 金属の枠にガラスを嵌めました。

在金屬框裡，嵌上了玻璃。

ます形 嵌めます	ない形 嵌めない	た形 嵌めた

はやい【早い】（形）（時間等）迅速，早

✎ 起きる時間が、早くなりました。

起床的時間變早了。

丁寧形 早いです	ない形 早くない	た形 早かった

はやい【速い】（形）（速度等）快速

✐ この電車は速いですね。

　　這電車的速度好快。

丁寧形 速いです	ない形 速くない	た形 速かった

はら【腹】（名）肚子；心思，内心活動；心情；度量

✐ たとえ腹が立っても、黙ってがまんします。

　　就算一肚子氣，也會默默地忍耐下來。

はらう【払う】（他五）付錢；除去；傾注

✐ 来週までに、お金を払わなくてはいけない。

　　下星期前得付款。

ます形 払います	ない形 払わない	た形 払った

はり【針】（名）縫衣針；針狀物；（動植物的）針，刺

✐ 針と糸で雑巾を縫った。

　　我用針和線縫補了抹布。

はる【春】（名）春，春天

✐ こっちは、まだ春が来ません。

　　這邊的春天還沒有來。

はる【貼る】（他五）貼上，糊上，黏上

✐ 切手が貼ってあります。

　　有貼著郵票。

ます形 貼ります	ない形 貼らない	た形 貼った

はる【張る】（自五・他五）延伸，伸展；覆蓋；膨脹；展平，擴張

✐ 今朝は寒くて、池に氷が張るほどだった。

　　今早好冷，冷到池塘都結了一層薄冰。

ます形 張ります	ない形 張らない	た形 張った

はれる【晴れる】（自下一）（天氣）晴，（雲霧）消散；（雨、雪）放晴

✐ 晴れたら、どこかへ遊びに行きましょう。

　　要是天氣放晴，我們找個地方去玩吧。

ます形 晴れます	ない形 晴れない	た形 晴れた

は

はん【半】（接尾）…半，一半
☞ もう5時半になりました。
　已經五點半了。

ばん【番】（名・接尾・漢造）輪班；看守；（順序）第…號；（交替）順序
☞ 3番の女性は、背が高くて、美しいです。
　三號的女性，身材高挑又漂亮。

ばん【晩】（名）晚，晚上
☞ あの晩は、とても疲れていました。
　那個晚上非常疲倦。

パン【（葡）pão】（名）麵包
☞ パンと卵を食べました。
　吃了麵包和蛋。

はんい【範囲】（名）範圍，界線
☞ 消費者の要望にこたえて、販売地域の範囲を広げた。
　為了回應消費者的期待，拓展了銷售區域的範圍。

ハンカチ【handkerchief】（名）手帕
☞ だれもハンカチを持っていません。
　沒有人帶手帕。

ばんぐみ【番組】（名）節目
☞ 新しい番組が始まりました。
　新節目已經開始了。

ばんごう【番号】（名）號碼，號數
☞ 番号を呼ぶ前に、入らないでください。
　叫到號碼前，請不要進來。

は

ばんごはん【晩ご飯】（名）晚餐

 どこかへ行って、晩ご飯を食べましょう。
找個地方去吃晚餐吧。

はんたい【反対】（名・自サ）相反；反對

 あなたが社長に反対しちゃ、困りますよ。
你要是跟社長作對，我會很頭痛的。

ます形 反対します	ない形 反対しない	た形 反対した

はんだん【判断】（名・他サ）判斷；推測；占卜

 上司の判断が間違っていると知りつつ、意見を言わなかった。
明明知道上司的判斷是錯的，但還是沒講出自己的意見。

ます形 判断します	ない形 判断しない	た形 判断した

ばんち【番地】（名）門牌號；住址

 お宅は何番地ですか。
您府上門牌號碼幾號？

はんぶん【半分】（名）半，一半，二分之一

 急いでやって、かかる時間を半分にします。
加速進行，把花費的時間縮減成一半。

［ ひ ヒ ］

※動詞「た形」變化跟「て形」一樣。如：買う→買った、買って

ひ【火】（名）火；火焰

 火が静かに燃えています。
火靜靜地燃燒著。

ひ【日】（名）天，日子

 その日、私は朝から走りつづけていた。
那一天，我從早上開始就跑個不停。

ひ【灯】（名）燈光，燈火
☞ 山の上から見ると、街の灯がきれいだ。
從山上往下眺望，街道上的燈火真是美啊。

ひえる【冷える】（自下一）變冷；變冷淡
☞ 夜は冷えるのに、毛布がないのですか。
晚上會冷，沒有毛毯嗎？

ます形 冷えます	ない形 冷えない	た形 冷えた

ひかく【比較】（名・他サ）比，比較
☞ 周囲と比較してみて、自分の実力がわかった。
和周遭的人比較過之後，認清了自己的實力在哪裡。

ます形 比較します	ない形 比較しない	た形 比較した

ひがし【東】（名）東，東方，東邊。
☞ そちらは、東です。
那邊是東邊。

ひかり【光】（名）光，光線；（前途）光明，有希望；光輝，光榮
☞ ろうそくの光が消えかけています。
蠟燭的燭光就快要熄滅了。

ひかる【光る】（自五）發光，發亮
☞ 星が光る。
星光閃耀。

ます形 光ります	ない形 光らない	た形 光った

ひき【匹】（接尾）（鳥、蟲、魚、獸）…匹，…頭，…條，…隻
☞ ここには、犬が何匹いますか。
這裡有幾隻狗？

ひきだし【引き出し】（名）抽屜
☞ 引き出しの中には、鉛筆とかペンとかがあります。
抽屜中有鉛筆跟筆等。

ひく【引く】 （他五）拉，拖，曳；翻查；感染

☞ 辞書を引きながら、英語の本を読みました。

邊查字典邊看英文書。

ます形 引きます	ない形 引かない	た形 引いた

ひく【弾く】 （他五）彈，彈奏，彈撥

☞ だれもピアノを弾きません。

沒有人要彈鋼琴。

ます形 弾きます	ない形 弾かない	た形 弾いた

ひくい【低い】 （形）低，矮的；卑微，低賤

☞ 明日の気温は、低いでしょう。

明天的氣溫應該很低吧！

丁寧形 低いです	ない形 低くない	た形 低かった

ひげ （名）鬍鬚

☞ 今日は休みだから、ひげをそらなくてもかまいません。

今天休息，所以不刮鬍子也沒關係。

ひこうき【飛行機】 （名）飛機

☞ あれは、飛行機ですね。

那是飛機對不對！

ひこうじょう【飛行場】 （名）機場

☞ もう一つ飛行場ができるそうだ。

聽說要蓋另一座機場。

ひさしぶり【久しぶり】 （名・副）許久，隔了好久

☞ 久しぶりに、卒業した学校に行ってみた。

隔了許久才回畢業的母校看看。

びじゅつかん【美術館】 （名）美術館

☞ 美術館で絵葉書をもらいました。

在美術館拿了明信片。

ひ

ひじょう【非常】（名・形動）非常，很；緊急

そのニュースを聞いて、彼は非常に喜んだに違いない。

聽到那個消息，他那時一定非常的高興。

| 丁寧形 非常です | ない形 非常ではない | た形 非常だった |

ひじょうに【非常に】（副）非常，很

王さんは、非常に元気そうです。

王先生看起來很有精神。

ひだり【左】（名）左，左邊；左手。

銀行の左に、高い建物があります。

銀行的左邊，有一棟高大的建築物。

びっくり（副・自サ）驚嚇，吃驚

びっくりさせないでください。

請不要嚇我。

| ます形 びっくりします | ない形 びっくりしない | た形 びっくりした |

ひづけ【日付】（名）（報紙、新聞上的）日期

日付が変わらないうちに、この仕事を完成するつもりです。

我打算在今天之内完成這份工作。

ひっこす【引っ越す】（自サ）搬家，遷居

大阪に引っ越すことにしました。

決定搬到大阪。

| ます形 引っ越します | ない形 引っ越さない | た形 引っ越した |

ひっぱる【引っ張る】（他五）（用力）拉；拉緊；強拉走；拖延

人の耳を引っ張る。

拉人的耳朵。

| ます形 引っ張ります | ない形 引っ張らない | た形 引っ張った |

ひつよう【必要】（名・形動）需要，必要

必要だったら、さしあげますよ。

如果需要就送您。

| 丁寧形 必要です | ない形 必要ではない | た形 必要だった |

ひてい【否定】（名・他サ）否定，否認

<ruby>方法<rt>ほうほう</rt></ruby>に<ruby>問題<rt>もんだい</rt></ruby>があったことは、<ruby>否定<rt>ひてい</rt></ruby>しがたい。

難以否認方法上出了問題。

ます形 否定します	ない形 否定しない	た形 否定した

ひと【人】（名）人，人類；（社會上一般的）人；他人，旁人

あそこにも<ruby>人<rt>ひと</rt></ruby>がいます。

那裡也有人。

ひどい（形）殘酷；過分；非常

そんなひどいことを<ruby>言<rt>い</rt></ruby>うな。

別說那麼過分的話。

丁寧形 ひどいです	ない形 ひどくない	た形 ひどかった

ひとしい【等しい】（形）（性質、數量、狀態等）相等的；相似的

AプラスBはCプラスDに<ruby>等<rt>ひと</rt></ruby>しい。

A加B等於C加D。

丁寧形 等しいです	ない形 等しくない	た形 等しかった

ひとつ【一つ】（名）（數）一；一個；一歲　　**T64**

<ruby>石鹸<rt>せっけん</rt></ruby>を<ruby>一<rt>ひと</rt></ruby>つください。

請給我一個香皂。

ひとつき【一月】（名）一個月

<ruby>一月<rt>ひとつき</rt></ruby>の<ruby>間<rt>あいだ</rt></ruby>、なにもしませんでした。

一個月當中什麼都沒做。

ひとり【一人】（名）一人；一個人；單獨一個人

あなた<ruby>一人<rt>ひとり</rt></ruby>だけですか。

只有你一個人嗎？

ひま【暇】（名・形動）時間，功夫；空閒時間，暇餘

<ruby>1時<rt>じ</rt></ruby>から<ruby>2時<rt>じ</rt></ruby>まで<ruby>暇<rt>ひま</rt></ruby>です。

一點到兩點有空。

丁寧形 暇です	ない形 暇ではない	た形 暇だった

ひ

213

ひゃく【百】（名）一百；數目衆多；一百歳

☞ どちらの人が、100歳ですか。

哪位已經一百歳了？

ひやす【冷やす】（他五）使變涼，冰鎮；（喩）使冷靜

☞ ミルクを冷蔵庫で冷やしておく。

把牛奶放在冰箱冷藏。

ます形 冷やします　　　　ない形 冷やさない　　　　た形 冷やした

ひよう【費用】（名）費用，開銷

☞ たとえ費用が高くてもかまいません。

即使費用再怎麼貴也沒關係。

ひょう【表】（名・漢造）表，表格；表面，外表；表現；代表

☞ 仕事でよく表を作成します。

工作上經常製作表格。

びょういん【病院】（名）醫院

☞ 子供は、病院がきらいです。

小孩不喜歡醫院。

びょうき【病気】（名）生病，疾病；毛病，缺點

☞ 病気で会社を休みました。

因為生病，所以向公司請假。

ひょうげん【表現】（名・他サ）表現，表達，表示

☞ 意味は表現できたとしても、雰囲気はうまく表現できません。

就算有辦法將意思表達出來，氣氛還是無法傳達的很好。

ます形 表現します　　　　ない形 表現しない　　　　た形 表現した

ひょうし【表紙】（名）封面，封皮，書皮

☞ 本の表紙がとれてしまった。

書皮掉了。

ひょうじょう【表情】（名）面部表情

☞ 彼は、辛いことがあったわりには、表情が明るい。

他雖遇上了難受的事，但是表情卻很開朗。

びょうどう【平等】（名・形動）平等，同等

☞ 人間はみな平等であるべきだ。

人人須平等。

丁寧形 平等です	ない形 平等ではない	た形 平等だった

ひょうばん【評判】（名）（社會上的）評價；名聲；受到注目；風聞

☞ みんなの評判からすれば、彼はすばらしい歌手のようです。

就大家的評價來看，他好像是位出色的歌手。

ひらがな【平仮名】（名）平假名

☞ 平仮名は易しいが、漢字は難しい。

平假名很容易，但是漢字很難。

ひらく【開く】（自五・他五）綻放；開，拉開

☞ ばらの花が開きだした。

玫瑰花綻放開來了。

ます形 開きます	ない形 開かない	た形 開いた

ひる【昼】（名）中午；白天，白晝；午飯

☞ 昼に、どこでご飯を食べますか。

中午要到哪裡吃飯？

ビル【building的省略説法】（名）高樓，大廈

☞ このビルは、あのビルより高いです。

這棟大廈比那棟大廈高。

ひるごはん【昼ご飯】（名）午餐

☞ 昼ご飯は食べましたか。まだですか。

吃過午餐了嗎？還是還沒吃？

ひ

ひるま【昼間】（名）白天，白晝

かれ
彼は、昼間は忙しいと思います。

我想他白天應該很忙吧！

ひるやすみ【昼休み】（名）午休

ひるやす
昼休みなのに、仕事をしなければなりませんでした。

午休卻得工作。

ひろい【広い】（形）（面積、空間）寬廣；（幅度）寬闊；（範圍）廣泛

こうえん
公園は、どのぐらい広かったですか。

公園大概有多大？

| 丁寧形 広いです | ない形 広くない | た形 広かった |

ひろう【拾う】（他五）撿拾；叫車

こうえん
公園でごみを拾わせられた。

被叫去公園撿垃圾。

| ます形 拾います | ない形 拾わない | た形 拾った |

ひろげる【広げる】（他下一）打開，展開；（面積、規模、範圍）擴張，發展

はんにん　み
犯人が見つからないので、捜査の範囲を広げるほかはない。

因為抓不到犯人，所以只好擴大搜查範圍了。

| ます形 広げます | ない形 広げない | た形 広げた |

［ ふ フ ］ ◎T65

※動詞「た形」變化跟「て形」一様。如：買う→買った、買って

ふあん【不安】（名・形動）不安，不放心，擔心；不穩定

ふ　あん
不安のあまり、友だちに相談に行った。

因為實在是放不下心，所以找朋友來聊聊。

| 丁寧形 不安です | ない形 不安ではない | た形 不安だった |

フィルム【film】（名）底片，膠片；影片；電影

カメラにフィルムを入れました。

將底片裝進相機。

ふうとう【封筒】（名）信封，封套：文件袋
- どちらの封筒に入れましたか。
  你放進了哪個信封？

プール【pool】（名）游泳池
- 勉強する前に、プールで泳ぎます。
  唸書之前，先到游泳池游泳。

ふえる【増える】（自下一）增加，增多
- 結婚しない人が増えだした。
  不結婚的人多起來了。

ます形 増えます	ない形 増えない	た形 増えた

フォーク【fork】（名）叉子，餐叉
- フォークやスプーンなどは、ありますか。
  有叉子或湯匙嗎？

ふかい【深い】（形）深的；深刻；深刻
- このプールは深すぎて、危ない。
  這個游泳池太過深了，很危險！

丁寧形 深いです	ない形 深くない	た形 深かった

ふく【吹く】（自五）（風）刮，吹；（緊縮嘴唇）吹氣
- 風が吹きます。
  風吹拂著。

ます形 吹きます	ない形 吹かない	た形 吹いた

ふく【服】（名）衣服（數）
- どの服を着て行きますか。
  你要穿哪件衣服去？

ふくざつ【複雑】（名・形動）複雜
- 日本語と英語と、どちらのほうが複雑だと思いますか。
  日語與英語，你覺得哪個比較複雜？

丁寧形 複雑です	ない形 複雑ではない	た形 複雑だった

ふくしゅう【復習】（名・他サ）複習

✎ 授業の後で、復習をしなくてはいけませんか。

下課後一定得複習嗎？

ます形 復習します	ない形 復習しない	た形 復習した

ふくそう【服装】（名）服装，服飾

✎ 面接では、服装に気をつけるばかりでなく、言葉も丁寧にしましょう。

面試時，不單要注意服裝儀容，講話也要恭恭敬敬的！

ぶじ【無事】（名・形動）平安無事；健康；沒毛病；沒有過失

✎ 息子の無事を知ったとたんに、母親は気を失った。

一得知兒子平安無事，母親便昏了過去。

丁寧形 無事です	ない形 無事ではない	た形 無事だった

ふしぎ【不思議】（名・形動）奇怪，不可思議

✎ ひどい事故だったので、助かったのが不思議なくらいです。

因為是很嚴重的事故，所以能得救還真是令人覺得不可思議。

丁寧形 不思議です	ない形 不思議ではない	た形 不思議だった

ふじん【婦人】（名）婦女，女子

✎ 婦人用トイレは2階です。

女性用的廁所位於二樓。

ふせぐ【防ぐ】（他五）防禦，防守，防止；預防，防備

✎ 窓を二重にして寒さを防ぐ。

安裝兩層窗戶以禦寒。

ます形 防ぎます	ない形 防がない	た形 防いだ

ふそく【不足】（名・形動・自サ）不足，短缺；缺乏；不滿意

✎ 栄養が不足がちだから、もっと食べなさい。

營養有不足的傾向，所以要多吃一點。

丁寧形 不足です	ない形 不足ではない	た形 不足だった

ふた【蓋】（名）（瓶、箱、鍋等）的蓋子；（貝類的）蓋

✎ ふたを取ったら、いい匂いがした。

打開蓋子後，聞到了香味。

ふ

ふたつ【二つ】（名）（數）二；兩個；兩歲；兩邊，雙方

☞ 消しゴムを二つ、買いました。
　買了兩個橡皮擦。

ぶたにく【豚肉】（名）豬肉

☞ 豚肉はもうありません。
　已經沒有豬肉了。

ふたり【二人】（名）兩個人，兩人；一對（夫妻等）

☞ 二人で、なにか食べに行きましょう。
　我們兩個人，一起去吃點什麼東西吧！

ふだん【普段】（名・副）平常，平日

☞ ふだんからよく勉強しているだけに、テストの時も慌てない。
　到底是平常就有在好好讀書，考試時也都不會慌。

ふつう【普通】（名・形動）普通，平凡

☞ 普通のサラリーマンになるつもりだ。
　我打算當一名平凡的上班族。

丁寧形 普通です	ない形 普通ではない	た形 普通だった

ふつか【二日】（名）二號，二日；兩天；第二天　　T66

☞ 来月の二日に、帰ってくるでしょう。
　下個月二號應該會回來吧？

ぶつり【物理】（名）（文）事物的道理；物理（學）

☞ 物理の点が悪かったわりには、化学はまあまあだった。
　雖然物理的成績不好，但化學還算可以。

ふとい【太い】（形）粗，肥胖

☞ 足が太くなりました。
　腿變胖了。

丁寧形 太いです	ない形 太くない	た形 太かった

ぶどう（名）葡萄

✐隣のうちから、ぶどうをいただきました。

隔壁的鄰居送我葡萄。

ふとる【太る】（自五）胖，肥胖

✐ああ太っていると、苦しいでしょうね。

胖成那樣，會很辛苦吧！

ます形 太ります	ない形 太らない	た形 太った

ふとん【布団】（名）棉被

✐布団をしいて、いつでも寝られるようにした。

鋪好棉被，以便隨時可以睡覺。

ふね【船】（名）船

✐飛行機は、船より速いです。

飛機比船還快。

ぶぶん【部分】（名）部分

✐この部分は、とてもよく書けています。

這部分寫得真好。

ふべん【不便】（形動）不方便

✐この機械は、不便すぎます。

這機械太不方便了。

丁寧形 不便です	ない形 不便ではない	た形 不便だった

ふむ【踏む】（他五）踩住，踩到

✐電車の中で、足を踏まれることはありますか。

在電車裡有被踩過腳嗎？

ます形 踏みます	ない形 踏まない	た形 踏んだ

ふゆ【冬】（名）冬天，冬季

✐夏と冬と、どちらが好きですか。

你喜歡夏天還是冬天？

ふる【降る】（自五）落，下，降（雨、雪、霜等）

☞ 雨が降って、寒いです。

下雨了好冷。

ます形 降ります	ない形 降らない	た形 降った

ふる【振る】（他五）揮；丟；（俗）放棄；謝絕；在漢字上註假名

☞ ハンカチを振る。

揮著手帕。

ます形 振ります	ない形 振らない	た形 振った

ふるい【古い】（形）以往；老舊，年久，老式

☞ この家は、とても古いです。

這棟房子相當老舊。

丁寧形 古いです	ない形 古くない	た形 古かった

プレゼント【present】（名）禮物

☞ 子どもたちは、プレゼントをもらって嬉しがる。

孩子們收到禮物，感到欣喜萬分。

ふろ【風呂】（名）浴缸，澡盆；洗澡；洗澡熱水

☞ 風呂に入ったあとで、ビールを飲みます。

洗過澡後喝啤酒。

ふん【分】（名）（時間）…分；（角度）分

☞ 2時15分ごろ、電話が鳴りました。

兩點十五分左右，電話響了。

ぶん【文】（名・漢造）文學，文章；花紋；修飾外表；文字

☞ 長い文は読みにくい。

冗長的句子很難閱讀。

ぶんか【文化】（名）文化；文明

☞ 外国の文化について知りたがる。

我想多了解外國的文化。

ふ

ぶんがく【文学】（名）文學
アメリカ文学は、日本文学ほど好きではありません。

我對美國文學，沒有像日本文學那麼喜歡。

ぶんしょう【文章】（名）文書，文件
文章を発表するかしないかのうちに、読者からの手紙が来ました。

剛發表文章沒多久，就接到了從讀者的來信。

ぶんぽう【文法】（名）文法
文法を説明してもらいたいです。

想請你說明一下文法。

[へ]

※動詞「た形」變化跟「て形」一樣。如：買う→買った、買って

へい【塀】（名）圍牆，牆院，柵欄。
塀の向こうをのぞいてみたい。

我想窺視一下圍牆的那一頭看看。

へいき【平気】（名・形動）鎮靜，冷靜；不在乎，不介意，無動於衷
たとえ何を言われても、私は平気だ。

不管別人怎麼說，我都無所謂。

丁寧形 平気です	ない形 平気ではない	た形 平気だった

へいきん【平均】（名・自サ・他サ）平均；（數）平均值；平衡，均衡
集めたデータをもとにして、平均を計算しました。

把蒐集來的資料做為參考，計算出平均值。

ます形 平均します	ない形 平均しない	た形 平均した

ページ【page】（名・接尾）頁
どのページにも、絵があります。

每一頁都有圖畫。

へた【下手】（名・形動）（技術等）不高明，笨拙；不小心

✐ 私は、歌が下手です。
わたし　うた　へた

我不太會唱歌。

丁寧形 下手です	ない形 下手ではない	た形 下手だった

ベッド【bed】（名）床，床舖；花壇，苗床

✐ 本を読んでから、ベッドに入ります。
ほん　よ　　　　　　　　　　　　はい

看過書後上床睡覺。

べつに【別に】（副）（後接否定）不特別

✐ 別に教えてくれなくてもかまわないよ。
べつ　おし

不教我也沒關係。

へや【部屋】（名）房間；屋子；室

✐ この部屋は明るくて、静かです。
へや　あか　　　　　　　しず

這個房間既明亮又安靜。

へる【減る】（自五）減，減少；磨損；（肚子）餓

✐ 収入が減る。
しゅうにゅう　へ

收入減少。

ます形 減ります	ない形 減らない	た形 減った

ベル【bell】（名）鈴聲

✐ どこかでベルが鳴っています。
な

不知哪裡的鈴聲響了。

へん【変】（形動）奇怪，怪異；意外

✐ その服は、あなたが思うほど変じゃないですよ。
ふく　　　　　　　おも　　　へん

那件衣服，其實並沒有你想像中的那麼怪。

丁寧形 変です	ない形 変ではない	た形 変だった

へん【辺】（名）附近，一帶；程度，大致

✐ 鳥は、この辺へは来ません。
とり　　　　へん　き

鳥是不會飛來這一帶的。

ペン【pen】（名）筆，原子筆，鋼筆

あなたのペンは、これですか。
你的筆是這一支嗎？

へんか【変化】（名・自サ）變化；（語法）變形
街の変化はとても激しく、別の場所に来たのかと思うぐらいです。
城裡的變化，大到幾乎讓人以為來到別處似的。

ます形 変化します	ない形 変化しない	た形 変化した

べんきょう【勉強】（名・他サ）努力學習，唸書
この本を使って勉強します。
利用這本書來學習。

ます形 勉強します	ない形 勉強しない	た形 勉強した

へんじ【返事】（名・自サ）回答，回覆
早く、返事しろよ。
早點回覆我。

ます形 返事します	ない形 返事しない	た形 返事した

へんしゅう【編集】（名・他サ）編集；（電腦）編輯
今ちょうど、新しい本を編集している最中です。
現在正好在編輯新書。

ます形 編集します	ない形 編集しない	た形 編集した

べんじょ【便所】（名）廁所，便所
便所はどこでしょうか。
廁所在哪裡？

べんり【便利】（形動）方便，便利
どの店が便利で安いですか。
哪一家店既方便又便宜？

丁寧形 便利です	ない形 便利ではない	た形 便利だった

[ほ ホ]

※動詞「た形」變化跟「て形」一樣。如：買う→買った、買って

ほう【方】（名）（用於並列或比較屬於哪一）部類，類型
☞ この本の方が、面白いですよ。
這本書比較有趣。

ぼう【棒】（名・漢造）棒，棍子；（音樂）指揮；（畫的）直線
☞ 疲れて、足が棒のようになりました。
太過疲累，兩腳都僵硬掉了。

ぼうえき【貿易】（名）貿易
☞ 貿易の仕事は、おもしろいはずだ。
貿易工作應該很有趣的！

ほうこう【方向】（名）方向；方針。
☞ 泥棒は、あっちの方向に走っていきました。
小偷往那個方向跑去。

ほうこく【報告】（名・他サ）報告，匯報，告知
☞ 忙しさのあまり、報告を忘れました。
因為太忙了，而忘了告知您。

ます形 報告します　　　ない形 報告しない　　　た形 報告した

ぼうし【帽子】（名）帽子
☞ きれいな帽子がほしいです。
我想要一頂漂亮的帽子。

ほうしん【方針】（名）方針；（羅盤的）磁針
☞ 政府の方針は、決まったかと思うとすぐに変更になる。
政府的施政方針，以為要定案，卻馬上又更改掉。

ほうそう【放送】（名・他サ）播映，播放
☞ 英語の番組が放送されることがありますか。
有時會播放英語節目嗎？

ます形 放送します　　　ない形 放送しない　　　た形 放送した

ほ

ほうそく【法則】（名）規律，定律；規定，規則

✐ 実験を通して、法則を考察した。

藉由實驗來審核定律。

ほうほう【方法】（名）方法，辦法

✐ 方法しだいで、結果が違ってきます。

因方法不同，結果也會不同。

ほうぼう【方々】（名・副）各處，到處

✐ 方々探したが、見つかりません。

四處都找過了，但還是找不到。

ほうめん【方面】（名）方面，方向；領域

✐ 新宿方面の列車はどこですか。

往新宿方向的列車在哪邊？

ほうもん【訪問】（名・他サ）訪問，拜訪

✐ 彼の家を訪問するにつけ、昔のことを思い出す。

每次去拜訪他家，就會想起以往的種種。

ます形 訪問します	ない形 訪問しない	た形 訪問した

ほうりつ【法律】（名）法律

✐ 法律は、ぜったい守らなくてはいけません。

一定要遵守法律。

ボールペン【ball pen】（名）原子筆，鋼珠筆

✐ あなたのボールペンは、どれですか。

你的原子筆是哪一支？

ほか【外・他】（名）其他，另外，別的；旁邊，旁處，外部

✐ 外になにか質問はありますか。

還有什麼其他問題嗎？

ぼく【僕】（名）我（男性用）

☞ この仕事は、僕がやらなくちゃならない。

這個工作非我做不行。

ポケット【pocket】（名）（西裝的）口袋，衣袋

☞ その服に、ポケットはいくつありますか。

那件衣服有幾個口袋？

ほこり【埃】（名）灰塵，塵埃

☞ ほこりがたまらないように、毎日そうじをしましょう。

為了不要讓灰塵堆積，我們來每天打掃吧。

ほし【星】（名）星星

☞ 山の上では、星がたくさん見えるだろうと思います。

我想在山上應該可以看到很多的星星吧！

ほしい（形）想要，希望得到手

☞ 本棚もテーブルもほしいです。

我想要書架，也想要餐桌。

丁寧形 ほしいです	ない形 ほしくない	た形 ほしかった

ぼしゅう【募集】（名・他サ）募集，征募

☞ 工場において、工員を募集しています。

工廠在招募員工。

ます形 募集します	ない形 募集しない	た形 募集した

ほそい【細い】（形）細，細小；狹窄；微少

☞ 細いペンがほしいです。

我想要支細的筆。

丁寧形 細いです	ない形 細くない	た形 細かった

ほぞん【保存】（名・他サ）保存

☞ ファイルを保存してからでないと、パソコンのスイッチを切ってはだめです。

要是沒將檔案先儲存好，就不能關電腦的電源。

ます形 保存します	ない形 保存しない	た形 保存した

ボタン【（葡）botão】（名）扣子，鈕釦；按鈕
✐ ボタンを強く押しました。
用力地按下了按鈕。

ホテル【hotel】（名）（西式）飯店，旅館
✐ 日本のホテルで、どこが一番有名ですか。
日本的飯店，哪一家最有名？

ほど（副助）…的程度
✐ あなたほど上手な文章ではありませんが、なんとか書き終わったところです。
我的文章沒有你寫得好，但總算是完成了。

ほとけ【仏】（名）佛，佛像；（佛一般）溫厚，仁慈的人；死者
✐ 地獄で仏に会ったような気分だ。
心情有如在地獄裡遇見了佛祖一般。

ほとんど【殆ど】（副）幾乎
✐ みんな、ほとんど食べ終わりました。
大家幾乎都用餐完畢了。

ほほ【頬】（名）臉頰
✐ 彼女は、ほほを真っ赤にした。
她的兩頰泛紅了起來。

ほめる（他下一）誇獎，稱讚，表揚
✐ 両親がほめてくれた。
父母誇獎了我。

ます形 ほめます	ない形 ほめない	た形 ほめた

ほん【本】（名・接尾）書，書籍；計算細而長的物品）…枝，…棵，…瓶，…條
✐ 本を見ないで、答えなさい。
請不要看書回答。

ほんだな【本棚】（名）書架，書櫥，書櫃

その本は、どの本棚にありますか。

那本書在哪個書架上？

ほんと（名）真實，真心；實在，的確；真正；本來，正常

それがほんとの話だとは、信じがたいです。

我很難相信那件事是真的。

ほんとうに【本当に】（副）真的，確實；實在，的確

彼女は本当に面白いですね。

她真是個有趣的人。

ほんやく【翻訳】（名・他サ）翻譯，筆譯

英語の小説を翻訳しようと思います。

我想翻譯英文小說。

ます形 翻訳します	ない形 翻訳しない	た形 翻訳した

ぼんやり（名・副・自サ）模糊，不清楚；迷糊；心不在焉；笨蛋

ぼんやりしていたにせよ、ミスが多すぎますよ。

就算你當時是在發呆，也錯得太離譜了吧！

ます形 ぼんやりします	ない形 ぼんやりしない	た形 ぼんやりした

T69

[**ま**マ]

※動詞「た形」變化跟「て形」一樣。如：買う→買った、買って

まい【枚】（接尾）（計算平而薄的東西）張，片，幅，扇

5枚でいくらですか。

五張要多少錢？

まいあさ【毎朝】（名）每天早上

私たちは、毎朝体操をしています。

我們每天早上都會做體操。

まいげつ・まいつき【毎月】（名）每個月

✐ 毎月、部長さんがたのパーティーがあります。

每個月部長都會舉辦宴會。

まいしゅう【毎週】（名）每個星期，每週，每個禮拜

✐ 毎週、どんなスポーツをしますか。

每個星期都做什麼樣運動？

まいとし・まいねん【毎年】（名）每年

✐ 毎年、子どもたちが遊びに来ます。

每年孩子們都會來玩。

まいにち【毎日】（名）每天，每日，天天

✐ 毎日、洗濯や掃除などをします。

每天清洗和打掃。

まいばん【毎晩】（名）每天晚上

✐ 毎晩、うちに帰って、晩ご飯を食べます。

每天晚上回家吃晚飯。

まいる【参る】（自五）來，去（「行く、来る」的謙讓語）

✐ ご都合がよろしかったら、2時にまいります。

如果您時間方便，我兩點過去。

ます形 参ります	ない形 参らない	た形 参った

まえ【前】（名）（時間、空間的）前，之前

✐ それは、何年前の話ですか。

那是幾年前的事？

まがる【曲がる】（自五）彎曲；拐彎

✐ あの道を曲がれば、郵便局があります。

那條路轉彎後，就有一間郵局。

ます形 曲がります	ない形 曲がらない	た形 曲がった

まく【巻く】（自五・他五）形成漩渦；捲；纏繞；上發條；捲起

📝 紙を筒状に巻く。
かみ つつじょう ま

把紙捲成筒狀。

ます形 巻きます	ない形 巻かない	た形 巻いた

まける【負ける】（自下一）輸；屈服

📝 がんばれよ。ぜったい負けるなよ。
ま

加油喔！千萬別輸了！

ます形 負けます	ない形 負けない	た形 負けた

まげる【曲げる】（他下一）彎，曲；歪，傾斜；扭曲；改變

📝 腰を曲げる。
こし ま

彎腰。

ます形 曲げます	ない形 曲げない	た形 曲げた

まじめ【真面目】（名・形動）認真

📝 今後も、まじめに勉強していきます。
こん ご べんきょう

從今以後，會認真唸書。

丁寧形 真面目です	ない形 真面目ではない	た形 真面目だった

まず【先ず】（副）首先，總之

📝 まずここにお名前をお書きください。
な まえ か

首先請在這裡填寫姓名。

まずい（形）不好吃，難吃

📝 この料理はまずいです。
りょう り

這道菜不好吃。

丁寧形 まずいです	ない形 まずくない	た形 まずかった

まずしい【貧しい】（形）（生活）貧窮的；（經驗、才能的）淺薄

📝 貧しい人々を助けようじゃないか。
まず ひとびと たす

我們一起來救助貧困人家吧！

丁寧形 貧しいです	ない形 貧しくない	た形 貧しかった

ますます【益々】（副）越發，益發，更加

📝 若者向けの商品が、ますます増えている。
わかもの む しょうひん ふ

迎合年輕人的商品是越來越多。

ま

まぜる【混ぜる】（他下一）混入；加上，加進；攪，攪拌

✐ ビールとジュースを混ぜるとおいしいです。
將啤酒和果汁加在一起很好喝。

ます形 **混ぜます**　　　　ない形 **混ぜない**　　　　た形 **混ぜた**

また（副）還，又，再；也，亦；而

✐ また、そちらに遊びに行きます。
還會再度造訪您的。

まだ（副）還，尚；仍然；才，不過；並且

✐ まだ、なにも飲んでいません。
還沒有喝任何東西。

または【又は】（接）或者

✐ ペンか、または鉛筆をくれませんか。
可以給我筆或鉛筆嗎？

まち【町】（名）城鎮；街道；町

✐ 町で、友達と会います。
在街上跟朋友見面。

まちがう【間違う】（他五・自五）做錯；錯誤

✐ 緊張のあまり、字を間違ってしまいました。
太過緊張，而寫錯了字。

ます形 **間違います**　　　　ない形 **間違わない**　　　　た形 **間違った**

まちがえる【間違える】（他下一）錯；弄錯

✐ 先生は、間違えたところを直してくださいました。
老師幫我訂正了錯誤的地方。

ます形 **間違えます**　　　　ない形 **間違えない**　　　　た形 **間違えた**

まつ【待つ】（他五）等候，等待；期待，指望

✐ あなたは、まだあの人を待っているの。
你還在等那個人嗎？

ます形 **待ちます**　　　　ない形 **待たない**　　　　た形 **待った**

まつ【松】（名）松樹，松木：新年裝飾正門的松枝，裝飾松枝的期間

<ruby>裏山<rt>うらやま</rt></ruby>に<ruby>松<rt>まつ</rt></ruby>の<ruby>木<rt>き</rt></ruby>がたくさんある。

後山那有許多松樹。

まっすぐ（副・形動）筆直，不彎曲：一直，直接

あちらにまっすぐ<ruby>歩<rt>ある</rt></ruby>いてください。

請往那裡直走。

丁寧形 まっすぐです　　ない形 まっすぐではない　　た形 まっすぐだった

まったく【全く】（副）完全：實在，簡直：（後接否定）絕對，完全

<ruby>全<rt>まった</rt></ruby>く<ruby>知<rt>し</rt></ruby>らない<ruby>人<rt>ひと</rt></ruby>だ。

素不相識的人。

マッチ【match】（名）火柴：火柴盒

だれか、マッチを<ruby>持<rt>も</rt></ruby>っていますか。

有誰帶火柴嗎？

まど【窓】（名）窗戶

<ruby>窓<rt>まど</rt></ruby>が<ruby>開<rt>あ</rt></ruby>いています。

窗戶是開著的。

まとめる【纏める】（他下一）解決，結束：總結：收集：整理

クラス<ruby>委員<rt>いいん</rt></ruby>を<ruby>中心<rt>ちゅうしん</rt></ruby>に、<ruby>意見<rt>いけん</rt></ruby>をまとめてください。

請以班級委員為中心，整理一下意見。

ます形 纏めます　　ない形 纏めない　　た形 纏めた

まにあう【間に合う】（自五）來得及：夠用

タクシーに<ruby>乗<rt>の</rt></ruby>らなくちゃ、<ruby>間<rt>ま</rt></ruby>に<ruby>合<rt>あ</rt></ruby>わないですよ。

要是不搭計程車，就來不及了唷！

ます形 間に合います　　ない形 間に合わない　　た形 間に合った

まね【真似】（名・他サ・自サ）模仿，仿效：（愚蠢糊塗的）舉止，動作

<ruby>彼<rt>かれ</rt></ruby>の<ruby>真似<rt>まね</rt></ruby>など、とてもできません。

我實在無法模仿他。

ます形 真似します　　ない形 真似しない　　た形 真似した

233

まねく【招く】（他五）（搖手、點頭）招呼；招待；招聘；招惹

✐ 大使館のパーティーに招かれた。

我受邀到大使館的派對。

| ます形 招きます | ない形 招かない | た形 招いた |

まま（名）如實，照舊；隨意

✐ 靴もはかないまま、走りだした。

沒穿著鞋，就跑起來了！

まもる【守る】（他五）保衛，守護；遵守，保守；保持

✐ 秘密を守る。

保密。

| ます形 守ります | ない形 守らない | た形 守った |

まよう【迷う】（自五）　迷，迷失；困惑；迷戀；（佛）執迷

✐ 山の中で道に迷う。

在山上迷路。

| ます形 迷います | ない形 迷わない | た形 迷った |

まるい【丸い】（形）圓形，球形

✐ いつごろ、月は丸くなりますか。

月亮什麼時候會變圓？

| 丁寧形 丸いです | ない形 丸くない | た形 丸かった |

まるで【丸で】（副）（後接否定）簡直，全部，完全；好像

✐ ９０歳の人からすれば、私はまるで孫のようなものです。

從90歲的人的眼裡來看，我宛如就像是孫子一般。

まわす【回す】（他五・接尾）轉，轉動；（依次）傳遞；傳送

✐ こまを回す。

轉動陀螺（打陀螺）。

| ます形 回します | ない形 回さない | た形 回した |

まわり【周り】（名）周圍，周邊

✐ 周りの人のことを気にしなくてもかまわない。

不必在乎周圍的人也沒有關係！

まわる【回る】（自五）轉動；走動；旋轉

村の中を、あちこち回るところです。

正要到村裡到處走動走動。

ます形 回ります　　　　ない形 回らない　　　　た形 回った

まん【万】（名）萬

何万人の人が死にましたか。

幾萬人喪命了？

まんいん【満員】（名）（規定的名額）額滿；（車、船等）擠滿乘客

このバスは満員だから、次のに乗ろう。

這班巴士人已經爆滿了，我們搭下一班吧。

まんが【漫画】（名）漫畫

漫画ばかりで、本はぜんぜん読みません。

光看漫畫，完全不看書。

まんぞく【満足】（名・自他サ・形動）滿足，令人滿意的；符合要求；完全，圓滿

父はそれを聞いて、満足げに微笑みました。

父親聽到那件事，便滿足地微笑了一下。

丁寧形 満足です　　　　ない形 満足ではない　　　　た形 満足だった

まんなか【真ん中】（名）正中間

真ん中にあるケーキをいただきたいです。

我想要中間的那個蛋糕。

まんねんひつ【万年筆】（名）鋼筆

万年筆はどこですか。

鋼筆在哪裡？

[み ミ]

※動詞「た形」變化跟「て形」一樣。如：買う→買った、買って

み

み【実】（名）（植物的）果實；（植物的）種子；成功，成果

✑ りんごの木にたくさんの実がなった。
蘋果樹上結了許多果實。

みえる【見える】（自下一）看見；看得見；看起來

✑ ここから東京タワーが見えるはずがない。
從這裡不可能看得到東京鐵塔。

ます形 見えます　　　ない形 見えない　　　た形 見えた

みおくり【見送り】（名）送行；靜觀，觀望；（棒球）放著好球不打

✑ 彼の見送り人は50人以上いた。
給他送行的人有50人以上。

みがく【磨く】（他五）刷洗，擦亮；研磨，琢磨

✑ 顔を洗って、歯を磨きます。
洗臉後刷牙。

ます形 磨きます　　　ない形 磨かない　　　た形 磨いた

みかた【見方】（名）看法，看的方法；見解，想法

✑ 彼と私とでは見方が異なる。
他跟我有不同的見解。

みぎ【右】（名）右，右側，右邊，右方

✑ 道を渡る前に、右と左をよく見てください。
過馬路之前，請仔細看左右方。

みじかい【短い】（形）（時間）短少；（距離、長度等）短，近

✑ 王さんのスカートは、どれぐらい短いですか。
王小姐的裙子大約有多短？

丁寧形 短いです　　　ない形 短くない　　　た形 短かった

みず【水】（名）水

✑ きれいで冷たい水が飲みたい。
我想喝乾淨又冰涼的水。

みずうみ【湖】（名）湖，湖泊

☞ 山の上に、湖があります。

山上有湖泊。

みせ【店】（名）店，商店，店鋪，攤子

☞ その店のはあまりおいしくありません。

那家店的東西不怎麼好吃。

みせる【見せる】（他下一）讓…看，給…看；表示，顯示

☞ みんなにも写真を見せました。

我也將相片拿給大家看了。

ます形 見せます	ない形 見せない	た形 見せた

みそ【味噌】（名）味噌

☞ この料理は、味噌を使わなくてもかまいません。

這道菜不用味噌也行。

みたい（助動・形動型）（表示和其他事物相像或具體的例子）像…一樣

☞ 外は雪が降っているみたいだ。

外面好像在下雪。

みち【道】（名）路，道路；道義，道德；方法，手段

☞ 10年前、この道はどんな様子でしたか。

十年前，這條道路是什麼樣子？

みっか【三日】（名）（每月）三號；三天

☞ 三月三日ごろに遊びに行きます。

三月三號左右要去玩。

みつかる【見つかる】（自五）被發現；找到

☞ 財布は見つかったかい。

錢包找到了嗎？

ます形 見つかります	ない形 見つからない	た形 見つかった

み

237

みつける【見つける】（他下一）發現，找到；目睹

✏️ どこでも、仕事を見つけることができませんでした。

到哪裡都找不到工作。

ます形 見つけます　　　　ない形 見つけない　　　　た形 見つけた

みっつ【三つ】（名）三；三個；三歲

✏️ 三つで100円です。

三個共100日圓。

みとめる【認める】（他下一）看出，看到；認識，賞識；承認；同意

✏️ これだけ証拠があっては、罪を認めざるをえません。

有這麼多的證據，不認罪也不行。

ます形 認めます　　　　ない形 認めない　　　　た形 認めた

みどり【緑】（名）綠色

✏️ 今、町を緑でいっぱいにしているところです。

現在鎮上正是綠意盎然的時候。

みな（名）大家；所有的

✏️ この街は、みなに愛されてきました。

這條街一直深受大家的喜愛。

みなさん【皆さん】（名）大家，各位

✏️ 皆さんは、もう来ていますよ。

大家已經都到了哦。

みなと【港】（名）港口，碼頭

✏️ 港には、船が沢山あるはずだ。

港口應該有很多船。

みなみ【南】（名）南，南方，南邊。

✏️ 南はどちらですか。

南邊在哪一邊？

みまい【見舞い】（名）探望，慰問；蒙受，挨（打），遭受（不幸）

先生の見舞いのついでに、デパートで買い物をした。

去老師那裡探病的同時，順便去百貨公司買了東西。

みみ【耳】（名）耳朵

耳が遠いから、大きい声で言ってください。

因為我耳朵不好，麻煩講話大聲一點。

みやげ【土産】（名）（贈送他人的）禮品；（出門帶回的）土產

神社から駅にかけて、お土産の店が並んでいます。

神社到車站這一帶，並列著賣土產的店。

みりょく【魅力】（名）魅力，吸引力

老若を問わず、魅力のある人と付き合いたい。

不分老幼，我想和有魅力的人交往。

みる【見る】（他上一）看，觀看，察看；照料；參觀

私は映画を見ません。

我不看電影。

ます形 見ます	ない形 見ない	た形 見た

みんな（代）（副）大家，全部，全體

男の子は、みんな電車が好きです。

男孩子大都喜歡電車。

[むム]

※動詞「た形」變化跟「て形」一樣。如：買う→買った、買って

むいか【六日】（名）六號，六日，六天

作業は、六日以内に終わるでしょう。

工作應該會在六天內完成吧！

むかう【向かう】（自五）向著，朝著；面向；往…去，向…去；趨向，轉向

✎ 向かって右側が郵便局です。

面對它的右手邊就是郵局。

ます形 向かいます	ない形 向かわない	た形 向かった

むかえる【迎える】（他下一）迎接；迎接；邀請

✎ 村の人がみんなで迎えてくださった。

全村的人都來迎接我。

ます形 迎えます	ない形 迎えない	た形 迎えた

むかし【昔】（名）以前；十年來

✎ 私は昔、あんな家に住んでいました。

我以前住過那樣的房子。

むく【向く】（自五・他五）朝，向，面；傾向，趨向；適合；面向，著

✎ 右を向く。

向右。

ます形 向きます	ない形 向かない	た形 向いた

むく【剥く】（他五）剝，削

✎ りんごを剥いてあげましょう。

我替你削蘋果皮吧。

ます形 剥きます	ない形 剥かない	た形 剥いた

むける【向ける】（自他下一）向，朝，對；差遣，派遣

✎ 銃を男に向けた。

槍指向男人。

ます形 向けます	ない形 向けない	た形 向けた

むこう【向こう】（名）對面，正對面；另一側；那邊

✎ 木村さんは、まだ向こうにいます。

木村先生還在那邊。

むし【虫】（名）蟲；昆蟲

✎ 動物や虫を殺してはいけない。

不可殺動物或昆蟲。

むしあつい【蒸し暑い】（形）悶熱的
☞ 昼間は蒸し暑いから、朝のうちに散歩に行った。
因白天很悶熱，所以趁早晨去散步。

丁寧形 蒸し暑いです　　ない形 蒸し暑くない　　た形 蒸し暑かった

むずかしい【難しい】（形）難，困難，難辦；麻煩，複雜
☞ この問題は、私にも難しいです。
這個問題對我來說也很難。

丁寧形 難しいです　　ない形 難しくない　　た形 難しかった

むすこさん【息子さん】（名）（尊稱他人的）令郎
☞ 息子さんのお名前を教えてください。
請教令郎的大名。

むすめさん【娘さん】（名）您女兒，令嬡
☞ うちの娘は、まだ小学生でございます。
我女兒還只是小學生。

むだ【無駄】（名・形動）徒勞，無益；浪費，白費
☞ 彼を説得しようとしても無駄だよ。
你說服他是白費口舌的。

むちゅう【夢中】（名・形動）夢中，在睡夢裡；不顧一切，熱中
☞ 競馬に夢中になる。
沈迷於賭馬。

丁寧形 夢中です　　ない形 夢中ではない　　た形 夢中だった

むっつ【六つ】（名）六；六個；六歲
☞ どうしてお菓子を六つも食べたのですか。
為什麼吃了六個點心那麼多？

むら【村】（名）村莊，村落
☞ この村への行きかたを教えてください。
請告訴我怎麼去這個村子。

むり【無理】（名・形動）不合理；勉強；逞強；強求

病気のときは、無理をするな。

生病時不要太勉強。

丁寧形 無理です	ない形 無理ではない	た形 無理だった

※動詞「た形」變化跟「て形」一樣。如：買う→買った、買って

め【目】（名・接尾）眼睛；眼珠，眼球；眼神；第…

そちらの目のきれいな方はだれですか。

那邊那位眼睛很漂亮的人是誰？

め【芽】（名）（植）芽

春になって、木々が芽をつけています。

春天來到，樹木們發出了嫩芽。

めいれい【命令】（名・他サ）命令，規定；（電腦）指令

上司の命令には、従わざるをえません。

不得不遵從上司的命令。

ます形 命令します	ない形 命令しない	た形 命令した

めいわく【迷惑】（名・形動・自サ）麻煩，煩擾；為難；妨礙，打擾

人に迷惑をかけるな。

不要給人添麻煩。

丁寧形 迷惑です	ない形 迷惑ではない	た形 迷惑だった

メーター【meter】（名）米，公尺；儀表，測量器

このプールの長さは、何メーターありますか。

這座泳池的長度有幾公尺？

メートル【（法）metre】（名）公尺，米

そこからあそこまで、10メートルあります。

從那邊到那邊，相距十公尺。

めがね【眼鏡】（名）眼鏡

 どんな時に眼鏡をかけますか。

什麼時候會戴眼鏡？

めしあがる【召し上がる】（他五）吃，喝

 お菓子を召し上がりませんか。

要不要吃一點點心呢？

ます形 召し上がります	ない形 召し上がらない	た形 召し上がった

めずらしい【珍しい】（形）少見；稀奇

 彼がそう言うのは、珍しいですね。

他會那樣說倒是很稀奇。

丁寧形 珍しいです	ない形 珍しくない	た形 珍しかった

めでたい【目出度い】（形）可喜可賀；幸運，圓滿；表恭喜慶祝

 赤ちゃんが生まれたとは、めでたいですね。

聽說小寶寶誕生了，那真是可喜可賀。

丁寧形 目出度いです	ない形 目出度くない	た形 目出度かった

めん【綿】（名・漢造）棉，棉線；棉織品；綿長；詳盡；棉，棉花

 綿のセーターを探しています。

我在找棉質的毛衣。

めんどう【面倒】（名・形動）麻煩，費事；繁瑣，棘手；照顧

 手伝おうとすると、彼は面倒げに手を振って断った。

本來要過去幫忙，他卻礙事地揮手說不用了。

丁寧形 面倒です	ない形 面倒ではない	た形 面倒だった

T74

［ も モ ］

※動詞「た形」變化跟「て形」一樣。如：買う→買った、買って

もう（副）已經；馬上就要；還，再

 もうあなたとは、友達ではありません。

我跟你不再是朋友了。

もうしあげる【申し上げる】（他下一）說（「言う」的謙讓語）

先生にお礼を申し上げようと思います。

我想跟老師道謝。

ます形 申し上げます	ない形 申し上げない	た形 申し上げた

もうす【申す】（自他五）叫做，稱；告訴；請求

私は、田中と申します。

我叫做田中。

ます形 申します	ない形 申さない	た形 申した

もうすぐ（副）不久，馬上

この本は、もうすぐ読み終わります。

這本書馬上就要看完了。

もくてき【目的】（名）目的，目標。

情報を集めるのが、彼の目的にきまっているよ。

他的目的一定是蒐集情報啊。

もくようび【木曜日】（名）星期四

木曜日か金曜日か、どちらかに行きます。

星期四或星期五，我會其中選一天過去。

もし（副）如果，假如

もしほしければ、さしあげます。

如果想要就送您。

もじ【文字】（名）字跡，文字，漢字；文章，學問

ひらがなは、漢字をもとにして作られた文字だ。

平假名是根據漢字而成的文字。

もしもし（感）（打電話）喂

もしもし、田中商事ですか。

喂，問是田中商事嗎？

もちいる【用いる】（他上一）使用；採用，採納；任用，錄用

☞ これは、DVDの製造に用いる機械です。

這台是製作DVD時會用到的機器。

ます形 用います　　　　　ない形 用いない　　　　　た形 用いた

もちろん（副）當然，不用說，不待言

☞ 私はもちろん、楽しい映画が好きです。

我當然是喜歡愉快的電影。

もつ【持つ】（他五）拿，帶，持，攜帶

☞ 百円玉をいくつ持っていますか。

你身上有幾個百圓硬幣？

ます形 持ちます　　　　　ない形 持たない　　　　　た形 持った

もっと（副）更，再，進一步，更稍微

☞ もっと安いのはありますか。

有沒有更便宜一點的？

もっとも【最も】（副）最，頂

☞ 思案のすえに、最も優秀な学生を選んだ。

再三考慮後才選出最優秀的學生。

もっとも【尤も】（形動・接續）合理，正當，理所當有的；話雖如此，不過

☞ 合格して、嬉しさのあまり大騒ぎしたのももっともです。

因上榜太過歡喜而大吵大鬧也是正常的呀。

もと【元】（名・接尾）本源，根源；根本，基礎；原因，起因；顆，根

☞ 私は、元スチュワーデスでした。

我原本是空中小姐。

もとめる【求める】（他下一）想要；謀求；要求；購買

☞ 私たちは株主として、経営者に誠実な答えを求めます。

我們作為股東，要求經營者給予真誠的答覆。

ます形 求めます　　　　　ない形 求めない　　　　　た形 求めた

もどる【戻る】（自五）回到；回到（原來的地點）；折回

✑ こう行って、こう行けば、駅に戻れます。

這樣走，再這樣走下去，就可以回到車站。

ます形 戻ります	ない形 戻らない	た形 戻った

もの【物】（名）（有形、無形的）物品，東西；事物，事情

✑ おいしいものが、食べたいです。

我想吃好吃的東西。

もの【者】（名）（特定情況之下的）人，者

✑ 泥棒の姿を見た者はいません。

沒有人看到小偷的蹤影

もめん【木綿】（名）棉

✑ 友だちに、木綿の靴下をもらいました。

朋友送我棉質襪。

もよう【模様】（名）花紋，圖案；情形，狀況；徵兆，趨勢

✑ 模様のあるのやら、ないのやら、いろいろな服があります。

有花樣的啦、沒花樣的啦，這裡有各式各樣的衣服。

もらう（他五）收到，拿到

✑ 私は、もらわなくてもいいです。

不用給我也沒關係。

ます形 もらいます	ない形 もらわない	た形 もらった

もん【門】（名）門，大門

✑ 学生たちが、学校の門の前に集まりました。

學生們聚集在學校的校門前。

もんだい【問題】（名）問題；（需要研究、處理、討論的）事項

✑ この問題は、どうしますか。

這個問題該怎麼辦？

も

※動詞「た形」變化跟「て形」一樣。如：買う→買った、買って

や【屋】（接尾）…店，商店或工作人員

☞ 薬屋まで、どのぐらいですか。

到藥房大約要多久？

やおや【八百屋】（名）蔬果店，菜舖

☞ 八百屋で、果物を買いました。

到蔬菜店買了水果。

やがて（副）不久，馬上；幾乎，大約；歸根究底

☞ やがて上海行きの船が出港します。

不久後前往上海的船就要出港了。

やかましい【喧しい】（形）（聲音）吵鬧的，喧擾的；嘮叨的

☞ 隣のテレビがやかましかったものだから、抗議に行った。

因為隔壁的電視聲太吵了，所以跑去抗議。

丁寧形 喧しいです	ない形 喧しくない	た形 喧しかった

やく【焼く】（他五）焚燒；烤

☞ 肉を焼きすぎました。

肉烤過頭了。

ます形 焼きます	ない形 焼かない	た形 焼いた

やく【役】（名・漢造）職務，官職；（負責的）職位；角色

☞ この役を、引き受けないわけにはいかない。

不可能不接下這個職位。

やく【約】（名・副・漢造）約定；縮寫，略語；大概；節約

☞ 資料によれば、この町の人口は約100万人だそうだ。

根據資料所顯示，這城鎮的人口約有100萬人。

やくしょ【役所】（名）官署，政府機關

✎ 手続きはここでできますから、役所までいくことはないよ。

這裡就可以辦手續，沒必要跑到區公所哪裡。

やくそく【約束】（名・他サ）約定，規定

✎ ああ約束したから、行かなければならない。

已經那樣約定好了，所以非去不可。

ます形 約束します	ない形 約束しない	た形 約束した

やくにたつ【役に立つ】（慣）有幫助，有用

✎ その辞書は役に立つかい。

那辭典有用嗎？

やける【焼ける】（自下一）烤熟；（被）烤熟

✎ ケーキが焼けたら、お呼びいたします。

蛋糕烤好後我會叫您的。

ます形 焼けます	ない形 焼けない	た形 焼けた

やさい【野菜】（名）蔬菜，青菜

✎ 野菜では、何が好きですか。

你喜歡什麼蔬菜？

やさしい（形）簡單，容易，易懂

✎ どの問題が易しいですか。

哪個問題比較簡單？

丁寧形 やさしいです	ない形 やさしくない	た形 やさしかった

やさしい【優しい】（形）溫柔，體貼

✎ 彼女があんな優しい人だとは知りませんでした。

我不知道她是那麼貼心的人。

丁寧形 優しいです	ない形 優しくない	た形 優しかった

やすい【安い】（形）便宜，（價錢）低廉

✎ こちらの店は、安いですよ。

這家店很便宜唷。

丁寧形 安いです	ない形 安くない	た形 安かった

や

やすい（接尾）容易…
- 風邪をひきやすいので、気をつけなくてはいけない。

  容易感冒，所以得小心一點。

やすみ【休み】（名）休息，假日；休假，停止營業
- 学生さんがたの休みは長いですね。

  學生們的假期還真長。

やすむ【休む】（自五）休息，歇息；停歇，暫停；睡，就寝
- 風邪を引いて、会社を休みました。

  感冒而向公司請假。

| ます形 休みます | ない形 休まない | た形 休んだ |

やせる【痩せる】（自下一）痩；貧瘠
- 先生は、少し痩せられたようですね。

  老師您好像痩了。

| ます形 痩せます | ない形 痩せない | た形 痩せた |

やっつ【八つ】（名）（數）八，八個，八歲
- 箱は八つしかありません。

  只有八個箱子。

やっと（副）終於，好不容易
- やっと来てくださいましたね。

  您終於來了。

やとう【雇う】（他五）雇用
- 大きなプロジェクトに先立ち、アルバイトをたくさん雇いました。

  進行盛大的企劃前，事先雇用了很多打工的人。

| ます形 雇います | ない形 雇わない | た形 雇った |

やはり・やっぱり（副）果然；還是，仍然
- やっぱり、がんばってみます。

  我還是再努力看看。

やぶる【破る】（他五）弄破；破壞；違反；打敗；打破（記錄）

警官はドアを破って入った。

警察破門而入。

ます形 破ります	ない形 破らない	た形 破った

やぶれる【破れる】（自下一）破損，損傷；破壞，破裂，被打破；失敗

上着がくぎに引っ掛かって破れた。

上衣被釘子鉤破了。

ます形 破れます	ない形 破れない	た形 破れた

やま【山】（名）山；一大堆，成堆如山

山へは、いつ行きますか。

什麼時候去山上？

やむ【止む】（自五）停止，中止，罷休

雨が止んだら、でかけましょう。

如果雨停了，就出門吧！

ます形 止みます	ない形 止まない	た形 止んだ

やめる【辞める】（他下一）停止；取消；離職

こう考えると、会社を辞めたほうがいい。

這樣一想，還是離職比較好。

ます形 辞めます	ない形 辞めない	た形 辞めた

やる（他五）做，幹；派遣，送去；給，給予

この仕事は、明日中にやります。

這個工作會在明天之内做好。

ます形 やります	ない形 やらない	た形 やった

やわらかい【柔らかい】（形）柔軟；和藹；靈活

柔らかい布団のほうがいい。

柔軟的棉被比較好。

丁寧形 柔らかいです	ない形 柔らかくない	た形 柔らかかった

※動詞「た形」變化跟「て形」一樣。如：買う→買った、買って

ゆ【湯】（名）開水，熱水
- 湯をわかすために、火をつけた。
  為了燒開水，點了火。

ゆうがた【夕方】（名）傍晚
- なぜ夕方出かけましたか。
  為什麼傍晚出門去了呢？

ゆうき【勇気】（名）勇敢
- 彼には、彼女に声をかける勇気はあるまい。
  他大概沒有跟她講話的勇氣吧。

ゆうじょう【友情】（名）友情
- 友情を裏切るわけにはいかない。
  友情是不能背叛的。

ゆうはん【夕飯】（名）晚飯
- 叔母は、いつも夕飯を食べさせてくれる。
  叔母總是做晚飯給我吃。

ゆうびんきょく【郵便局】（名）郵局
- 郵便局で、手紙を出しました。
  到郵局寄了信。

ゆうべ【夕べ】（名）昨天晚上，昨夜
- 夕べは、どこかへ行きましたか。
  昨天晚上到哪裡去了嗎？

ゆうめい【有名】（形動）有名，聞名，著名，名見經傳
- あちらにいる人は、とても有名です。
  那邊的那位，非常的有名。

丁寧形 有名です　　ない形 有名ではない　　た形 有名だった

ユーモア【humor】（名）幽默

✏ 彼はとてもユーモアのある人だ。

他是個充滿幽默的人。

ゆかい【愉快】（名・形動）愉快，暢快；令人愉快；令人意想不到

✏ お酒なしでは、みんなと愉快に楽しめない。

如沒有酒，就沒辦法和大家一起愉快的享受。

| 丁寧形 愉快です | ない形 愉快ではない | た形 愉快だった |

ゆき【雪】（名）雪

✏ 雪で、電車が止まりました。

電車因為下雪而停駛了。

ゆしゅつ【輸出】（名・他サ）出口

✏ 自動車の輸出をしたことがありますか。

曾經出口過汽車嗎？

| ます形 輸出します | ない形 輸出しない | た形 輸出した |

ゆっくりと（副）慢慢，不著急；舒適，安靜

✏ ドアがゆっくりと閉まる。

門慢慢地關了起來。

ゆでる【茹でる】（他下一）（用開水）煮，燙

✏ よく茹でて、熱いうちに食べてください。

請將這煮熟後，再趁熱吃。

| ます形 茹でます | ない形 茹でない | た形 茹でた |

ゆび【指】（名）手指

✏ 指が痛いために、ピアノが弾けない。

因為手指疼痛，而無法彈琴。

ゆびわ【指輪】（名）戒指

✏ 記念の指輪がほしいかい。

想要戒指做紀念嗎？

ゆめ【夢】（名）夢；夢想

彼は、まだ甘い夢を見つづけている。

他還在做天真浪漫的美夢。

ゆるい【緩い】（形）鬆，不緊；徐緩，不陡；不急；不嚴格；稀薄

ねじが緩くなる。

螺絲鬆了。

| 丁寧形 緩いです | ない形 緩くない | た形 緩かった |

ゆるす【許す】（他五）允許，批准；寬恕；免除；容許；承認

外出が許される。

准許外出。

| ます形 許します | ない形 許さない | た形 許した |

ゆれる【揺れる】（自下一）搖晃，搖動；躊躇

大きい船は、小さい船ほど揺れない。

大船不像小船那麼會搖晃。

| ます形 揺れます | ない形 揺れない | た形 揺れた |

※動詞「た形」變化跟「て形」一樣。如：買う→買った、買って

よう【用】（名）事情，工作

用がなければ、来なくてもかまわない。

如果沒事，不來也沒關係。

よう【酔う】（自五）醉，酒醉；暈（車、船）；（吃魚等）中毒；陶醉

彼は酔っても乱れない。

他喝醉了也不會亂來。

| ます形 酔います | ない形 酔わない | た形 酔った |

ようい【用意】（名・他サ）準備

食事をご用意いたしましょうか。

我來為您準備餐點吧？

| ます形 用意します | ない形 用意しない | た形 用意した |

ようか【八日】（名）（月的）八號；八日；八天

✐ 八日ぐらい、学校を休みました。

向學校請了約八天的假。

ようきゅう【要求】（名・他サ）要求，需求

✐ 社員の要求を受け入れざるをえない。

不得不接受員工的要求。

ます形 要求します　　　　　ない形 要求しない　　　　　た形 要求した

ようじ【用事】（名）事情，工作

✐ 用事があるなら、行かなくてもかまわない。

如果有事，不去也沒關係。

ようじん【用心】（名・自サ）注意，留神，警惕，小心

✐ 治安がいいか悪いかにかかわらず、泥棒には用心しなさい。

無論治安是好是壞，請注意小偷。

ます形 用心します　　　　　ない形 用心しない　　　　　た形 用心した

ようす【様子】（名）情況，狀態；容貌，樣子；緣故；光景，徵兆

✐ あの様子から見れば、ずいぶんお酒を飲んだのに違いない。

從他那樣子來看，一定是喝了很多酒。

ようふく【洋服】（名）西服，西裝

✐ 本や洋服を買います。

買書籍和衣服。

よく（副）仔細地，充分地；經常地，常常

✐ よく見てくださいね。

請仔細看清楚喔。

よくいらっしゃいました（寒喧）歡迎光臨

✐ よくいらっしゃいました。靴を脱がずに、お入りください。

歡迎光臨。不用脫鞋，請進來。

よこ【横】（名）横；側面；旁邊

☞ ドアの横になにかあります。

門的一旁好像有什麼東西。

よごす【汚す】（他五）弄髒；攪拌

☞ 服を汚した。

弄髒了衣服。

ます形 汚します	ない形 汚さない	た形 汚した

よごれる【汚れる】（自下一）髒污；齷齪

☞ 汚れたシャツを洗ってもらいました。

我請他幫我把髒的襯衫拿去送洗了。

ます形 汚れます	ない形 汚れない	た形 汚れた

よさん【予算】（名）預算

☞ 予算については、社長と相談します。

就預算相關一案，我會跟社長商量的。

よしゅう【予習】（名・他サ）預習

☞ 授業の前に予習をしたほうがいいです。

上課前預習一下比較好。

ます形 予習します	ない形 予習しない	た形 予習した

よそ【他所】（名）別處，他處；遠方；別的，他的；不顧，無視

☞ 彼は、よそでは愛想がいい。

他在外頭待人很和藹。

よっか【四日】（名）四號，四日；四天

☞ なぜ四日も休みましたか。

為什麼連請了四天的假？

よっつ【四つ】（名）（數）四個；四歲

☞ 四つで100円ですよ。

四個共一百日圓喔。

よてい【予定】（名・他サ）預定

✏ 木村さんから自転車をいただく予定です。

我準備接收木村先生的腳踏車。

ます形 予定します	ない形 予定しない	た形 予定した

よなか【夜中】（名）半夜，深夜，午夜

✏ 夜中に電話が鳴った。

深夜裡電話響起。

よぶ【呼ぶ】（他五）呼叫，招呼；喚來，叫來；叫做

✏ だれか呼んでください。

請幫我叫人來。

ます形 呼びます	ない形 呼ばない	た形 呼んだ

よぼう【予防】（名・他サ）預防

✏ 病気の予防に関しては、保健所に聞いてください。

關於生病的預防對策，請你去問保健所。

ます形 予防します	ない形 予防しない	た形 予防した

よむ【読む】（他五）閱讀，看；念，朗讀

✏ 朝は新聞しか読みません。

早上都只看報紙。

ます形 読みます	ない形 読まない	た形 読んだ

よやく【予約】（名・他サ）預約

✏ レストランの予約をしなくてはいけない。

得預約餐廳。

ます形 予約します	ない形 予約しない	た形 予約した

よる【夜】（名）晚上，夜裡

✏ 今日の夜は、いかがですか。

今晚如何？

よる【寄る】（自五）順道去…；接近

✏ 彼は、会社の帰りに喫茶店に寄りたがります。

他回公司途中總喜歡順道去咖啡店。

ます形 寄ります	ない形 寄らない	た形 寄った

よる【因る】（自五）由於，因為；任憑，取決於；依靠，依賴；按照，根據

✎ 理由_{りゆう}によっては、許可_{きょか}することができる。

因理由而定，來看是否批准。

ます形 因ります	ない形 因らない	た形 因った

よろこぶ【喜ぶ】（自五）高興，歡喜

✎ 弟_{おとうと}と遊_{あそ}んでやったら、とても喜_{よろこ}びました。

我陪弟弟玩，結果他非常高興。

ます形 喜びます	ない形 喜ばない	た形 喜んだ

よろしい（形）好，可以

✎ よろしければ、お茶_{ちゃ}をいただきたいのですが。

如果可以的話，我想喝杯茶。

丁寧形 よろしいです	ない形 よろしくない	た形 よろしかった

よろしく（寒暄）指教，關照

✎ これからも、どうぞよろしく。

今後也請多多指教。

よわい【弱い】（形）虛弱；不高明

✎ その子_こどもは、体_{からだ}が弱_{よわ}そうです。

那個孩子看起來身體很虛弱。

丁寧形 弱いです	ない形 弱くない	た形 弱かった

○T78

※動詞「た形」變化跟「て形」一樣。如：買う→買った、買って

らいげつ【来月】（名）下個月

✎ 来月_{らいげつ}は11月_{がつ}ですね。

下個月就是十一月吧！

らいしゅう【来週】（名）下星期

✎ テストは来週_{らいしゅう}です。

下星期考試。

らいねん【来年】（名）明年

✎ 来年から再来年まで、アメリカに留学します。

從明年到後年要到美國留學。

らく【楽】（名・形動・漢造）快樂，安樂，快活；輕鬆；富足

✎ 生活が、以前に比べて楽になりました。

生活比過去快活了許多。

ラジオ【radio】（名）收音機

✎ まだラジオを買っていません。

還沒買收音機。

○T79

※動詞「た形」變化跟「て形」一樣。如：買う→買った、買って

りえき【利益】（名）利益，好處；利潤，盈利

✎ たとえ利益が上がらなくても、私は仕事をやめません。

就算盈利沒有提高，我也不會辭掉工作。

りかい【理解】（名・他サ）理解，領會，明白；體諒，諒解

✎ あなたの考えは、理解しがたい。

你的想法，我實在難以理解。

ます形 理解します	ない形 理解しない	た形 理解した

りく【陸】（名・漢造）陸地，旱地；陸軍的通稱

✎ 長い航海の後、陸が見えてきた。

在長期的航海之後，見到了陸地。

りこう【利口】（名・形動）聰明，伶俐，機靈；巧妙，能言善道

✎ 彼らは、もっと利口に行動するべきだった。

他們那時應該要更機靈些行動才是。

丁寧形 利口です	ない形 利口ではない	た形 利口だった

りそう【理想】（名）理想

☞ 理想の社会について、話し合おうではないか。

大家一起來談談理想中的社會吧！

りっぱ【立派】（形動）了不起，優秀；漂亮，美觀

☞ あなたのお父さんは、立派ですばらしいです。

你的父親既優秀又了不起。

丁寧形 立派です　　　　　　ない形 立派ではない　　　　た形 立派だった

りゆう【理由】（名）理由，原因

☞ 彼女は、理由を言いたがらない。

她不想說理由。

りゅうがくせい【留学生】（名）留學生

☞ アメリカからも、留学生が来ています。

也有從美國來的留學生。

りゅうこう【流行】（名・自サ）流行，時興；蔓延

☞ 去年はグレーが流行したかと思ったら、今年はピンクですか。

還在想去年是流行灰色，今年是粉紅色啊？

ます形 流行します　　　　　　ない形 流行しない　　　　た形 流行した

りよう【利用】（名・他サ）利用

☞ 図書館を利用したがらないのは、なぜですか。

你為什麼不想使用圖書館呢？

ます形 利用します　　　　　　ない形 利用しない　　　　た形 利用した

りょう【量】（名・漢造）數量，份量，重量；推量；器量

☞ 期待に反して、収穫量は少なかった。

與預期相反，收成量是少之又少。

りょう【寮】（名・漢造）宿舍（狹指學生、公司宿舍）；茶室

☞ 学生寮はにぎやかで、動物園かと思うほどだ。

學生宿舍熱鬧到讓人誤以為是動物園的程度。

りょうきん【料金】（名）費用，使用費，手續費

料金を払ってからでないと、会場に入ることができない。

如尚未付款，就無法進入會場。

りょうしん【両親】（名）父母，雙親

両親は、なにも言いません。

父母什麼都沒說。

りょうほう【両方】（名）兩方，兩種

やっぱり両方買うことにしました。

我還是決定兩種都買。

りょうり【料理】（名）菜餚，飯菜；做菜，烹調

兄は、料理ができます。

哥哥會作菜。

りょかん【旅館】（名）旅館

日本風の旅館に泊まることがありますか。

你有時會住日式旅館嗎？

りょこう【旅行】（名・自サ）旅行，旅遊，遊歷

明日、旅行に行きます。

明天要去旅行。

ます形 旅行します　　　　ない形 旅行しない　　　　た形 旅行した

［ るル ］

※動詞「た形」變化跟「て形」一樣。如：買う→買った、買って

るす【留守】（名）不在家；看家

遊びに行ったのに、留守だった。

我去找他玩，他卻不在家。

[れ]

※動詞「た形」變化跟「て形」一樣。如：買う→買った、買って

れい【零】（名）零

☞ そこは、冬は零度になります。

那邊冬天氣溫會降到零度。

れい【礼】（名・漢造）禮儀，禮貌；鞠躬；道謝；敬禮；禮品

☞ いろいろしてあげたのに、礼さえ言わない。

我幫他那麼多忙，他卻連句道謝的話也不說。

れいがい【例外】（名）例外

☞ 例外に関しても、きちんと決めておこう。

我們也來好好規範一下例外的處理方式吧。

れいぎ【礼儀】（名）禮儀，禮節，禮法，禮貌

☞ 彼は、外見に反して、礼儀正しい青年でした。

跟外表不同，其實是他是位端正有禮的青年。

れいぞうこ【冷蔵庫】（名）冰箱，冷藏室，冷藏庫

☞ 冷蔵庫はどこにありますか。

冰箱在哪裡？

れきし【歴史】（名）歷史

☞ 日本の歴史についてお話いたします。

我要講的是日本歷史。

レコード【record】（名）黑膠唱片。

☞ このレコードは、どなたのですか。

這張唱片是誰的？

レストラン【（法）restaurant】（名）西餐廳

✑ どのレストランで、食事^{しょくじ}をしますか。

要到哪家餐廳用餐？

れつ【列】（名・漢造）列，隊列，隊；排列；行，列，級，排

✑ 列^{れつ}が長^{なが}いか短^{みじか}いかにかかわらず、私^{わたし}は並^{なら}びます。

無論排隊是長是短，我都要排。

れんしゅう【練習】（名・他サ）練習，反覆學習

✑ ここで歌^{うた}の練習^{れんしゅう}ができます。

這裡可以練習唱歌。

ます形 練習します	ない形 練習しない	た形 練習した

れんらく【連絡】（名・自他サ）聯繫，聯絡

✑ 連絡^{れんらく}せずに、仕事^{しごと}を休^{やす}みました。

沒有聯絡就請假了。

ます形 連絡します	ない形 連絡しない	た形 連絡した

［ ろ ］

※動詞「た形」變化跟「て形」一樣。如：買う→買った、買って

ろうじん【老人】（名）老人，老年人

✑ 老人^{ろうじん}は楽^{たの}しげに、「はっはっは」と笑^{わら}った。

老人快樂地「哈哈哈」笑了出來。

ろうどう【労働】（名・自サ）勞動，體力勞動，工作；（經）勞動力

✑ 労働^{ろうどう}したせいか、体^{からだ}が痛^{いた}い。

不知道是不是工作勞動的關係，身體很酸痛。

ます形 労働します	ない形 労働しない	た形 労働した

ろく【六】（名）（數）六；六個

✑ 鳥^{とり}が6羽^わぐらいいます。

有六隻左右的鳥。

ろんぶん【論文】（名）論文：學術論文

📑 論文を提出して以来、毎日寝てばかりいる。

自從交出論文以來，每天就是一直睡。

［わワ］

※動詞「た形」變化跟「て形」一樣。如：買う→買った、買って

ワイシャツ【white shirt】（名）襯衫

📑 青いワイシャツがほしいです。

我想要藍色的襯衫。

わかい【若い】（形）年輕，年紀小，有朝氣

📑 どの人が、一番若いですか。

哪個人最年輕？

丁寧形 若いです	ない形 若くない	た形 若かった

わかす【沸かす】（他五）煮沸：使沸騰

📑 ここでお湯が沸かせます。

這裡可以將水煮開。

ます形 沸かします	ない形 沸かさない	た形 沸かした

わがまま【我侭】（名・形動）任性，放肆，肆意

📑 あなたがわがままなことを言わないかぎり、彼は怒りませんよ。

只要你不說些任性的話，他就不會生氣。

丁寧形 わがままです	ない形 わがままではない	た形 わがままだった

わかる（自五）知道，明白：懂，會，瞭解

📑 意味がわかりますね。

懂意思吧！

ます形 わかります	ない形 わからない	た形 わかった

わかれる【別れる】（自下一）分別，分開

📑 若い二人は、両親に別れさせられた。

兩位年輕人，被父母給強行拆散了。

ます形 別れます	ない形 別れない	た形 別れた

わく【沸く】（自五）煮沸，煮開；興奮
お湯が沸いたから、ガスをとめてください。
熱水一開，就請把瓦斯關掉。

| ます形 沸きます | ない形 沸かない | た形 沸いた |

わけ【訳】（名）原因，理由 ；意思
私がそうしたのには、訳があります。
我那樣做，是有原因的。

わずか【僅か】（副・形動）（數量、程度、價值等）很少；一點也（後加否定）
貯金があるといっても、わずか20万円にすぎない。
雖說有存款，但也只不過是僅僅的20萬日幣而已。

| 丁寧形 僅かです | ない形 僅かではない | た形 僅かだった |

わすれもの【忘れ物】（名）遺忘物品，遺失物
あまり忘れ物をしないほうがいいね。
最好別太常忘東西。

わすれる【忘れる】（他下一）忘記，忘掉；忘懷，忘卻；遺忘
私は、あなたを忘れません。
我不會忘記你的。

わた【綿】（名）（植）棉；棉花；柳絮；絲棉
布団の中には、綿が入っています。
棉被裡裝有棉花。

わだい【話題】（名）話題，談話的主題、材料；引起爭論的人事物
彼らは、結婚して以来、いろいろな話題を提供してくれる。
自從他們結婚以來，總會分享很多不同的話題。

わたし【私】（代）我（謙遜的說法「わたくし」）
私は、冬がきらいです。
我不喜歡冬天。

わたす【渡す】（他五）交給；給，讓予；渡，跨過河

渡すか渡さないかは、私が決める。

由我來決定給或不給。

| ます形 渡します | ない形 渡さない | た形 渡した |

わたる【渡る】（自五）渡，過；（從海外）渡來，傳入

船に乗って、川を渡ります。

搭上船渡河。

| ます形 渡ります | ない形 渡らない | た形 渡った |

わらう【笑う】（自五・他五）笑；譏笑

失敗して、みんなに笑われました。

失敗而被大家譏笑。

| ます形 笑います | ない形 笑わない | た形 笑った |

わりあいに【割合に】（名・副）相比而言；比較地；更…一些

東京の冬は、割合寒いだろうと思う。

我想東京的冬天，應該比較冷吧！

わるい【悪い】（形）不好，壞的；惡性，有害；不對，錯誤

悪いのはそっちですよ。

錯的人是你吧！

| 丁寧形 悪いです | ない形 悪くない | た形 悪かった |

われる【割れる】（自下一）碎，裂；分裂

鈴木さんにいただいたカップが、割れてしまいました。

鈴木送我的杯子，破掉了。

| ます形 割れます | ない形 割れない | た形 割れた |

わん【湾】（名）灣，海灣

東京湾に、船がたくさん停泊している。

東京灣裡停靠著許多船隻。

GO日語 11

每天都會看見的
日語單字2000 （20K+1MP3） 2015年11月 初版

● 發行人　　林德勝

● 著者　　　西村惠子

● 出版發行　山田社文化事業有限公司
　　　　　　106 臺北市大安區安和路一段112巷17號7樓
　　　　　　電話　02-2755-7622
　　　　　　傳真　02-2700-1887

　　　　　　◆ 郵政劃撥　19867160號　　大原文化事業有限公司
　　　　　　◆ 網路購書　日語英語學習網　http://www.daybooks.com.tw

　　　　　　◆ 總經銷　　聯合發行股份有限公司
　　　　　　　　　　　　新北市新店區寶橋路235巷6弄6號2樓
　　　　　　　　　　　　電話　02-2917-8022
　　　　　　　　　　　　傳真　02-2915-6275

● 印刷　　　上鎰數位科技印刷有限公司
● 法律顧問　林長振法律事務所　林長振律師

● 定價　　　新台幣299元

© ISBN 978-986-246-109-9
© 2015, Shan Tian She Culture Co., Ltd.

STS

山田社